仍夢香港島

2011-2024 詩選集之續集

尹遠紅 著

本創文學 112

仍夢香港島

作　　者：尹遠紅
責任編輯：黎漢傑
設計排版：陳先英
法律顧問：陳煦堂　律師

出　　版：初文出版社有限公司
電郵：manuscriptpublish@gmail.com

印　　刷：陽光印刷製本廠

發　　行：香港聯合書刊物流有限公司
香港新界荃灣德士古道220-248號
荃灣工業中心16樓
電話：(852) 2150-2100　傳真：(852) 2407-3062

海外總經銷：貿騰發賣股份有限公司
電話：886-2-82275988　傳真：886-2-82275989
網址：www.namode.com

版　　次：2025年3月初版
國際書號：978-988-71097-0-9
定　　價：港幣98元　新臺幣360元

Published and printed in Hong Kong

香港印刷及出版

目錄

第一輯
2011-2016

第二輯
2017-2024

詩序：「不寫詩，何以謝玫瑰」

想寫就寫吧，不管他人爭議詩歌之用是有用還是無用，還不一定有喝彩、鮮花與掌聲。但那又有什麼關係？這些外在的附加物，對內在的自我生長能起那麼強烈的損傷或是耀眼的加冕嗎？我們能看見我們堅定的搖頭嗎？而價值又如何否定得了我們寫下一首詩時內心無法抑制的欣悅與滿足！是的，不被外附的聲譽或貶損所累，不被熱鬧的世俗定義所定義所局限，未必是壞事。每個生命都是單程與絕版。我們該理解每一個存在都是唯一與獨特，那麼體驗也就不會是雷同的，帶著個人印記個人基因與解讀密碼。當我們用語言描述那獨特，不必太過在意我們之外的投向我們的貶低或是拔高。而最明智的做法，是把它們都轉換為詩寫的激勵與養料。

我的詩寫在紙片上，寫在水流裡，寫在流雲上，寫在散步中，寫在黑夜的夢境裡，寫在醒來的曉光中，寫在黃昏浴水的潔撫裡，寫在洗衣炒菜的煙火中，寫在舉首的仰望與低眉的想念裡，寫在每一個詞語到達的霧途上。珍惜每一個片段，珍惜每一個路途，珍惜每一個來自靈域的秘密，珍惜它的受孕與產出。

為啞然的圖片發聲，為失色的花朵代言，為痛苦的病情把脈，為相逢畫像，為夢境回眸，為愛情放歌。珍惜每一注痛苦與歡笑，珍惜每一個迷茫與希望，珍惜每一次情緒的呼吸與振動，珍惜每一個意識的真相與力量，珍惜每一份感動，每一滴淚珠的色彩與重量……忠於自己冒著熱氣的感觸，與來自靈域的奧秘。萬物孕育詩，生活本即詩。珍惜每一片詩的羽毛與綻放。

有人說，「不寫詩，何以謝玫瑰？」

詩意的問題，最好用寫詩作答、作謝。謝時間的玫瑰、情感的玫瑰。謝夏日的玫瑰、青年中年的玫瑰。謝羞澀的玫瑰、成熟的玫瑰——與月季、薔薇、罌粟有染又有別的玫瑰。這在我詞語裡，沒有性別之分的玫瑰，不僅僅代表愛情的玫瑰，喻指時間裡美好又芬芳的那些人與事物的玫瑰。

除了玫瑰，還寄望用詞語的手術刀解剖更多事物的內核與本質，從中擷取骨血與香氣。期待讓事物與更多事物內涵與外延的聯繫與區別，在存在中得知萬物孕育無限無盡的可能。讓詞語如同蜜蜂，從詩叢詩林裡的繁花覓香、釀蜜，芬芳生命旅途，甜蜜歲月，拓寬自己涉入的詞海的島，視野棲居的島。

歲月消磨萬物消磨肉體凡胎的我們，終將祭出骨灰、荒塚與墓碑，我們的雙手、手中的詞語除了觸摸時間的塵與灰，還能記取些值得自己紀念的什麼？又會遺留些未竟的什麼與自己的夢境與希冀，在我遷移的香港島？——海鷗潔白愜意的翅翔？浪花與蝴蝶先生透明腥濕的吻？雨上往復迴圈的雲？海上亙古圓缺的月？港灣永恆的翹盼？海邊兩朵浪花的跟隨？碼頭唇邊咬碎的月色？潮水的起伏中那一截用身體測量過的熾熱的紐帶？鳳凰木的枝條上舉托的鳳與凰匹配燃燒的和鳴故事？一顆星子對另一顆星子的召喚與呼喊？新星衝破烏雲的黑暗產道？垂釣信仰的杆與餌，以及風浪的血管裡沸騰的火與鹽……

詩絮

常常在情感、情緒以及認知與事物的內外邏輯、所指常識相遇並發生某種神秘呼應與連接關係時，詩就在語言的新鮮連綴中產生了。

詩是情景言語重置，事物多解與他解。詩是具體事物或情景經過心智感驗的再熔爐再消化與再置現，詞句帶上個人情感、經驗與體溫。

詩是洞悉事物內在秘密以及釐清事物之間關係，並用獨特的語言新奇說出的那種能力。

詩的詩寫多樣，內容無窮。越深入越無限越美妙。詩的喜歡也是多樣的，爭議的，因人而異。因人的文學汲養、美學觀念與理解層次的差別，對詩各有各品味，各有各喜好。但到達某個階段與層次，又有一些共同與共通的和解與共識。

好的詩歌，是語言載體的新度；是探入事物內核的深度；是聯繫其他事物的廣度與粘度。

個體是人類的組織單位，個人史是人類史的一部分。詩歌史關乎人類史與世界史。詩當然要直面人性與慾望，還要直面衰老與死亡，並帶上個人氣息、感驗與印記。彷彿孕育詞句的胎記。

為何要避忌美好的性與性愛？當然也努力逃避不了衰老與死亡。那麼真實而誠實地呈現。

讀有些情色的詩時，好的詩那些文字也是尤物，但色而不淫，不低俗，文字有高的層次。文字的層次從某種程度上講，也是愛的層次、性的層次。

詩有一種內在的邏輯與連接的節奏，在行句行距的推進、意蘊的流動、情感與心靈表達的需求中自然呈現，一種內在詩意詩邏輯的韻律，比刻意的押韻更為流暢與鏗鏘。

一首歌，唱著覺累，便不會很好聽；一首詩，讀著覺累，也不會很好看。對的，二者都對流暢舒暢的氣韻，有著更高的要求。

那些認為只有接地氣而且還要是當下地氣的才叫詩的人，是在提醒現實生活與心靈世界的窘迫，而事實是上帝賜予人的心原與大地天空海洋一樣的無邊遼闊，而即使在現實遭遇困境之時，你的心與大腦一樣也有自由馳騁無邊想像的時候，那些念頭那些靈域的奧秘與奇妙的夢境怎麼就不可以形成詩呢？當然能！何況夢境詩人湯瑪斯說它是另一個空間的真實與現實！天生蒙上一層夢幻的詩意色彩。

詩歌最終體現一個人真的境界。體現一個人與萬事萬物通靈對話的能力。並用準確、奇特的新語言表述出來的那種能力。給人耳目一新通透舒暢的新感覺。

詩意，一種在詞語中，在詞語與行句的行列中直接種植呈現飽滿；一種在詞語外，在讀後的體會與領悟裡。當然其實也是在詞語潛在的巨大張力裡。

讀到有的好詩，它們無限擴展詞語的邊界，延伸詞語的內涵，詞語得到新的詮釋，有了新的意義。並讓更多的詞語更多的事物之間產生美妙可親的新關係，無意中給萬物同宗同源，提供新鮮的詩意的論證。萬物更添有趣與生動，我們感知世界的邊界也得到無限的擴展。讀到好詩，心中充滿欣悅與感激！

詩最初體現為個體個性的印象與感驗，如在經過的閱讀者那裡得到共鳴與共性的映照，詩就如活水，流動起來，它的生命就活了開來。

無論世界如何變化，無論時代如何變遷，無論詩語詩說如何變化敘述，詩要有詩意，不會變化。詩意就是美，就是新，就是縹緲新穎的那種瞬間擊中引領上升的心靈感受。就是「言外之意，象外之意」的美與新。

而美不是華麗的修辭辭藻，不是穿著光鮮濫抒情的語衣，而是體現為通過實在的事物、情感與修辭融洽貫通，感驗與心智結合受孕產出新語，傳遞給讀者一些獨特的、奇特的、巧妙的、美妙的、微妙的，甚至只可意會不可言說的那種閱讀感受與享受，你覺得世界很美，很新，你覺得別人替你拓開了認識事物世界的認識，新的疆界與眼界。

也許有些體驗這樣說了還是讓人不懂，也難怪，有些詩不是要求你懂，而是體會與感受那種被美妙與獨特擊中的一種只可意會不可言傳的神奇感覺微妙感受。

撇開名利算計與追逐，甩開命運那隻怪獸的追捕與折騰，我們平常瑣碎的日常生活沒有什麼大的不同，不同的是我們內心深處的感受與感驗，而詩歌就是盛載這些內心體驗與處理的，一種有效載體與闊大容器。詩歌直指內心，是外物經驗或情感，與心智和修辭發酵受孕的詩性產物，有時外物只是參考與借助。於是，詩歌是心靈的歌唱與舞蹈一說，便也不難理解了。

……

以上是在讀寫與學習他人的詩歌與詩語時領悟到的粗淺而碎片的認識，不一定準確。沒關係，我還有時間與耐心在習作的過程中加以糾正。

2025-01-17

於香港島

第一輯

2011-2016

穀雨裡

圍牆上
盛開的朱頂紅撐開了
日子的明媚
它們舉著紅色的小喇叭
對著天空
獨自吹著雲淡
與風清

雌蝴蝶的修辭

揀盡寒枝，飛遍沙洲
那隻紫荊下的雌蝴蝶，她來自山城
故事是一場青梅竹馬的事故

分離令時光懷孕
寬容的心田產出菩提的果實

時光的手撫平了來途的曲折
風雨的唇吹散了一路的炎涼

地易時移，那隻雌蝴蝶
仍翅膀輕盈，未沾銅臭

詩

詩人面前
每個事物是一顆顆待剖的果實
寫詩的人
手中指揮著詞語——
這一隻隻蟲子，這一把把手術刀
寫詩人吹著節奏的韻律
指揮蟲子們刀子們鑽到事物的內裡去
攫它們的心，敲它們的核
裸它們的汁肉。命令要穩準狠
得到血肉、香氣與精髓
知悉它們的元素、屬性與特徵
然後再把它們一一歸類連綴起來
產生關係，不混亂不生拉活扯
脾性不相排斥的
氣息能有效連接或融合的
甚至能產生化學反應的
就呆在一首詩裡

沉默的品相之一

迷惑時，不如我們去訪問：
泥土裡做黑苦工的蟬
風浪裡不轉移的磐石
蛛網上穿針引線的織娘
穿上羽衣前涅槃的蝴蝶

或者膜拜一束光——
陣痛中刺破黑暗心腹的
曙光，誕生於黎明
與真理的子宮

聽雲端裡握著胭脂扣的美男星
雪白地唱：沉默是金

地理距離

你們也不過是藍色星球上的
兩顆塵埃
寄居的地方也不過是
地圖上的兩個小不點
難接壤。同一輪月亮
黑白中生長圓缺
以寂靜與孤獨為養料

其實我也一樣

堅硬的怨氣不用來殺人
也殺不了人
去殺時間裡的流水與浮萍
也總不成功

慢節奏

杯水都已心寒結冰
你還在懷念沸騰時的熱烈
河流幾近乾涸
你還想還原那場
曠美的漣漪

邊境上

兩株隔空深情相望的芒草
生於兩塊土地
屬於兩種結構
遵循兩種秩序
即使風中頻頻致意
即使雨中心顫萬遍
終生無法相擁
到老至死

落櫻與落嚶

是小鹿理想的靈聲
風中彼此呼喚
探入原野，原始深處

是現實荊棘羈絆
咬住俗世腳步的無奈
擱淺放逐，詩和遠方卡在
路途陡峭與心境料峭之間

春意鬧，春意濃
千萬隻櫻蝶的仰望開至絕望
風起，碎落
如櫻泣，茂密，粉紅

乍暖還寒

以為回暖，今又料峭
如此乍暖還寒
看來，春天一時半會兒也沒有
急著想見我的意思

但我瞞不了我
這日復一日的夙願
春天，我是想見你
又忐忑見你
因我不知是該拿舊雪還是新雨
款待你的一路風塵
園子裡花杜鵑還啼著
千古的傷與血

春天且行且退，沒有關係
我會等
等我吸足雪脈管裡的寂靜與淡泊
吸足梅血管裡的骨氣與香氣

兩條河流的比喻

兩條河流
是兩面平行的鏡子
鏡子裡照天照地
無法照面的你們

是拍打水岸的濤聲
濤聲裡恰巧驚動
蒼白回望的你們

是抓不住時間堤岸的流水
流水裡秩序的你們
無法匯合，只好各自流走的
兩條河流

親愛，兩條河流
兩條生命之河也不過是
造物主物冊裡不經意的
一個命名啊

告自己

別怕昨天認知的矛戳今天意識的盾
原諒自己生命之樹還老得不夠風骨
仍然隨風搖擺起伏
原諒體內之河還不夠寬闊
撐不開船隻熙攘，匍匐只為
鍾愛的那隻經過。原諒自己慧根淺
靠菩提靠菩薩還不夠近
木魚敲得不夠長不夠清亮
還未學會博愛與普渡

也勸自己別為難更多事物——
別期待一條河為你倒流
一陣風為你停留
別苛求一朵花長久絢麗
春天永駐方休

朋友，事物美在自然
與流逝，懷戀與盼頭
終其一生，你該尋求自我的覺醒
與自性的完整

故鄉，異鄉

眾生如塵沙
都是蒼宇下的渺渺
都是流水與風裡的漂漂與飄飄
浮萍不會對流水與風傲慢
浮萍的知己我也不會
接受萬物命途歸一的相似
接受蒲公英隨風挪移的故鄉
接受家巢微不足道的那一點
在地理心理的位移
地球又不會瘋掉，經緯永遠
那麼清晰，有條理

無奈遷移時至多允許腦球
恍惚一陣，紊亂一陣
之後學螞蟻，東南西北地
低眉偏安。看淡李白思鄉用舊的
明月光與地上霜

天長地久不是修辭

大地養育蔥蘢
也安撫腐葉
大海接納風平浪靜
也包容海嘯浪湧
天空喜掛彩虹
也不怪責烏雲雷雨

天長地久不是修辭
愛你沒有時態的區別
——父親，就像
我們接受你情緒的晴天麗日
也接受你情緒的烏雲密佈
接受你的安靜如佛
也接受你的咆哮如雷
接受你年輕時的健步如飛
也接受你老年的蹣跚呆滯

秋分

節令是個清醒的裁判官
這一天，裁定
兩相持平——
陰陽平，晝夜平，寒暑平

只是那年秋中月台
勞燕分飛後，總是
晝短夜長，秋連著秋
你我各自緘默，各自生息
巢穴裡外的風雨、炎涼，平
還是未平

致萊辛的一封未投郵的情書

沒錯，「我」的靈魂就住在新世界
那裡「我」的一個自我，自由又權利
脫胎換骨成為新人，一個穿越力極強的男子
用契合「我」自我的鑰匙打開我的心門
「我」允他徑直進入我的心房，重新啟動我愛的
觸感，啟動我全部愛的慾望與幻想
我像一個真正在愛面前的女人那樣
變得柔和，雀躍，主動又迎合
我把自己幻化成一張帳篷、一片天空
一池水、一個世界、一個房間
兩人共處其中，融為一體
但我並不真正佔有他，打擾他
我只是用我豐富寬闊的想像，去呵護與滋養
獲得藝術靈動的翅膀與生動的源泉
借著它的飛翔與滋養，我確信
我能出演許多生動優秀的角色
我第二天的舞台表演必將達致男女同體的
最高境界，而我也會因來自心靈深處的
靈魂表演，創取藝術高峰

生命的原鄉

身體蜷縮似一個逗號
夜色把寂靜抱攬在懷
另一半空的地方
你的氣息滿滿的飄過來
攫住她的呼吸
關上眼睛的窗口
心靈的窗戶更加明亮
想著餘生的黑夜，你們都將如此複習：
一次次吻住黑夜陳舊的唇齒
交換玫瑰中老年的氣息
交換體內的餘熱與晚香

日升月落，冬去春來
甚至最後進入永夜。海水漫過：
你們卸下枷鎖與浮雲
作別最後一絲月光，熄滅最後一簇火焰
挽著玫瑰最後的愛意緩緩沉落
像體內飄泊的鹽
終於回到海的原鄉

新移民

是新移民的共同身份
——這一條遷移的紐帶
領我走在郊區果園與你們中間
地裡的花生、四季豆、冬瓜
每個族類都懷著飽滿的孩子
夏日蓬勃，不適合談秋日感傷

何況還能說些什麼呢
太陽傘下異鄉的心事與身世
並無多少新鮮
昨晚的上弦月打開天窗
早替你們說亮了如它一樣
漂泊不定的一半
又被眼前孩子們迎風追逐的小手
托住了如蒲公英一樣隨遇而安的
另一半

放不穩的行囊

一個人帶著影子上路
回憶如殘陽下的紀念碑
獨自清點雲淡風清

這些年，我數過八千里路雲和月
卻數不清故鄉額上遼闊的溝壑叢生
我填清無數的履歷過關表格，來途
清白流暢，卻填不通阻隔的萬重山水
抹不去鄉關鎖霧

你們在遠方——我的親人
不出發，漂泊的風雨中
怎捋清你們月下夢中頻訪的容顏
拎出一生放不穩的行囊
這個夏天，我們隨行去遠方
遠方啊！誰想見我，我想見誰
熱烈如夏陽將熱情舉托
行囊呵，你裝得下我蟬翼的行裝
可曾裝得下我近鄉時厚重的情怯
日斜時如磐的揮手別意

煙與塵

從距離墳墓很近的探病室出來
踏著落葉與果實
踏著足下腐爛的秋天
拾著陡路扶風而上
路燈眼眸昏黃老邁
枕著夜的臂膀打著困盹
我們說著時間的病痛，說著人間的老
說著墳墓那邊綠色的磷火與光
說著不老的睡眠，不死的死亡
我們說得煙一樣輕飄與輕鬆
因為我們塵一樣無可奈何
與無能為力

設想老年到來時

那時，越發像嬌滴的
含羞草，心事一碰就閉合
蜷縮如殼中的蝸牛

玫瑰盛開的季節
也只是在自己的枯井
慢慢爬行，仰望井壁
頂著的那一方天空
淺陋的小井難以
投影雲的彩衣，激起水的漣漪

落日西斜時，把頭
縮回，想像蟲蟻歸穴
即使夜晚有夢，也不再
向白天的玫瑰說出

碎片

躺在故事堆的老照片
是粘合時光的碎片
拼湊記憶與青春
是回溯的船
渡你們回遠逝的颯颯與蕭蕭

坐在青春的廢墟
紫荊樹下，往事岸邊
時光已老到足夠坦蕩的好
你幽幽地說，你就是那時愛上她的
從一大疊影像中偷偷藏起幾張
藏起你喜歡的悄悄，小鹿歡喜的眉梢
還有那些你在窗外重疊踟躕的青澀慌張
「遠遠地，月升月落，燈起燈滅，簾捲簾合……
月光洩漏一地的清涼失意……」

紫荊飄落雙肩，潮來又潮往
夕陽跌下山。晚風凝望你失色的唇語
凝望一朵玫瑰過早謝世的秘密
凝望它塵封又散開的碎片，暮色中飄啊飄

西風起

你一來，秋就涼了
被你拋離的秋葉
天幕下，塵土裡，蜷縮著身子
抱緊枝頭過期的綠夢，凸顯的脈絡
風乾的傷口，眾多的傷洞——
指不出時間與名字
也不再有濃稠的血液從旁溢出

在時間裡雀躍、青蔥
在時間裡生病、發炎、老、死——
落葉的葬禮，被你見證
可是西風，蒼穹上下
時間翻雲覆雨，誰不是它的手下敗將？
請停止你吹響的鎖吶、哀歌
彆扭又嘲諷
這秋裡最早的一場自然葬禮
請還它簡單的安靜
離開的尊嚴與莊重

下午茶的年齡

喝茶宜在中年的下午
下午茶的時光匹配下午茶的年齡
——柔和的魅力
早過了豪氣干雲的激越
不必對著東去的大江煮酒論英
未至枯葉萎地的窘境
也不必面著垂天的晚霞
歎什麼「夕陽無限好，只道近黃昏！」

對付中年有些矛盾遺憾的方式
是邀約三五同窗知己，在嫋嫋氤氳的茶香中
同訪當年那條叫做「青春」的小路
且將功名交塵土，風塵付雲月
唱唱「那些做過的夢唱過的歌愛過的人……」

這時，有人臉上漾開了花
比二月的春寒暖一點，比三月的桃花早一點
比玫瑰的豔淺一點，比白玉蘭的白深一點
不肥不瘦，不濃不淡
剛好足以遮擋中年臉上漸生的恐慌

寫在傳說中的地球毀滅日

把豹子的紋理穿在身上
一種輕盈的情趣
感性與性感相融的土壤
復活一種血色慾望
像高山與流水的韻依
像大地的，原始、溫潤

來吧，親愛！趁末日尚在路上
趁歲月的肌體裡還能響起晚潮的澎湃
今夜，讓我們把腕上的時間褪下
慾火焚燒荊棘，浪潮淹沒瑣碎
魚一樣躍入潮水，擺動腰肢
愛與閃電擊醒靈域裡的玫瑰
欣賞浪花的雪白
一道挺進遠方深處
慰籍波峰上的勇與顫
濤聲漸歇，夜噙著羞澀的月光
打開伊甸園的幽秘與紅色芬芳
還原生命原始、本質的真義

旅行即景

盛夏之夜
霓虹閃爍迷離之眼
夜色醉進紅酒杯
街頭叫賣的荔枝鮮潤過貴妃
一旁的樹鳳梨流著粘稠
垂涎欲滴
看相師睜一隻眼閉一隻眼
戲說著紅塵
年輕的戀人依偎著青春
江邊測著腰的圍度
量著唇的溫度

日漸老去的你們啊
這一路走了那麼久
是否也該學學年輕的嘴唇
把抱生活之磚的手騰出
舒展一下你們情感的褶皺

時光的頭顱與玫瑰日記

從此，里爾克純粹矛盾的玫瑰集
無需到書墓裡讀
你們用傾慕與愛
將花朵的芒刺與汁液
在傷口的光裡完好復原
詞語給它築城堡，修愛的園子
讓它成為自由多汁的自己
在心的自留地裡自然生長

不看易碎言語的臉色，不用
鸚鵡學舌的隱喻
用風雨雷電，用光用露水
用腳步用躬身用血管裡的
暖與真，即使用去
一生的黑白，時光——
你們用溫柔用玫瑰的芳香
迷醉它高昂的頭顱

少年臉

渴望在流水倒敘的敘事中
撈拾兩張臉
清水模樣，如玉雙唇
飲溪眼神，雪樣氣質
飲了月光又飲清露
結著玫瑰的少年臉

多年後，無奈與無常
在熙攘中尋覓
那兩張被暴風吹散的少年臉
被凡塵追著，被晨昏提著走出自己
飲了刀鋒又飲嚴霜
在苦楝中行走的兩張臉

中年的黃昏，在嘉陵江眼河的
雨霧中升起兩張舊時臉
故事打著死結
心事老到再也無法安置
少年漂泊之吻的風霜臉
青春進入雪墓，冰鎮著兩張少年臉

致風

我喜歡的良人是風的後代
遺傳風的氣質與脾性
東南西北裡行，炎涼寒暑裡走
風風火火，桀驁不馴，灑脫不羈
欽點江山，豪氣干雲，天生霸氣

天生攜帶詩詞因數，繞不過，跟隨它
從灰蒙的煙塵到風雅的詩詞
從《詩經》裡涉水，乘唐朝的東風
到宋朝的西風
親近它，讓它在我的唇上調皮
讓它在我的衫裡捉迷
讓我在它的豪放與婉約裡輾轉沉迷
珍惜它，用風霜的淚痕，用春風的笑顏
用無處不在的呼吸與觸摸
豁免它帶來的風暴與風險
賦予它跨雲追月的高度與風格

我愛的良人是風的後代，無影無蹤地來去
蕭蕭不知所起，颯颯不知所終

雪落他鄉

一場雪不能複述另一場雪
一場雪無法傾覆另一場雪

第一場雪下在註定的相遇裡
下出鄰家小妹與鄰家大哥的兩小與無猜
第一場雪親、暖、白比白還白
第二場雪下在緣分的分叉口
下在從未預料的結局裡
下出一路冰凍與陌途
下出花飛鳥倦各自還的
天各一方，雪落他鄉，雪落他鄉

最後一場雪將下在生命重逢的原鄉吧
這一場雪負有潔淨與還原的使命
該下出雪墓的寂與白，圓與滿

一場雪不能複述另一場雪
一場雪無法修改另一場雪
每一場雪最好的際遇都如初雪

給孩子

你說你已剪短長髮，格式化
記憶體，租到自由
——所有都成 do 的完成式
一種凜然的氣勢與承諾
——你交待給自己人生的
一種勇氣與信心來自內部的沸騰
還得通過外在風暴檢驗
你是響亮的鼓，無須
勞我的重錘。去高處，怎樣處理
翅膀與風的關係，你比我更清楚
向大海借遼闊借深藍
相信你也不會對海鷗對魚族傲慢

孩子，世界很美好，我們要保存
更多塵上的興致。看更多顏色的
花開，聽更多族類的鳥鳴
敬畏自然，曉己局限
認真地書寫生命的紀念冊
雪亮地讚美這仍有缺月的世界

玉蘭

獨自在山隅，在高處、深處
安於現狀淪不到高蹈之緊迫
無意爭，就沒有故作高深的
美得困難

百花懷抱春潮漲了又退
好幾回了
蜂蝶圍繞熙攘來去
也好幾回了
而玉蘭在僻靜的山中
獨自將豐腴的心事
用潔白的春帷曼閉
默然等待對等的心儀
造訪，輕叩
少女般純淨年輕

夜裡，呼吸月光清俊的讚美聲
清晨凌空，同早起的鳥兒一起
沐浴黎明清新的風

春天裡秋天的腳步

萬物蓬勃如謎。幾場風，幾場雨
邀約神的彩筆、鳥的音符、詩人的詞語
就將大地的春事談得沸沸揚揚
光禿重披綠裝，萬紫千紅，鳥把春天
唱綠唱紅。詞語如瀑，掛滿一樹樹蔥蘢

草木輪迴，殊途同歸是自然大法則
代謝差異長短參差是個體小區別
誰能灑脫告訴？哪一個季節更適合告別
哪一個生命更適合讚美與歌頌
醫院內、金夫人攝影樓前，春天的風在吹
在催，年老的黃桷樹葉在脫，在落
當然你可詩意地豐富
落下的是春泥，是火，是詩
可我分明看見落葉叢裡落下的
是一個羸弱的父親越來越秋天的
腳步：緩慢、喘息、遲邁、依戀又輕飄
每一步都重重地叩在我擔心的胸口
叩在我緊皺的眉頭

春天的漩渦

時間一發炎，就拉近與白衣天使的距離
在醫院與家的兩點一線中複習輾轉
打岔的是菜市
親近藥物、煙火、果蔬，姿態一低再低
哄勸病重的父親按時吃藥
討好生病的時間
像母親對孩子那樣柔聲細語
還得討好煙火討好刀板聲
討好果蔬的體香，討好孩子的胃
處於緊張高考階段的孩子需要

常常在辨識孩子回家的凝望中
聽見樓下琴行販賣的
琴音，攀著漩渦螺旋式上升擰成的繩索
爬上我的窗網，撞擊我緊繃的耳廓與神經
撞擊春天的生活舉著的一張形而下的沮喪牌
我奮力跳起來，想要親吻它的餘音
無力中被沮喪擊落下，看見一隻大螞蟻
伏在灰暗的牆角，無依，無助

節奏

昨日月亮彎如鐮刀
明天的明天會收割形式的圓滿
前天立春，馬蹄揚起春風
虎尾蘭代替玫瑰清涼呼吸
有人歎：終會「弱水替滄海」
月圓時你讚殘缺的美
春天了，你還在詞語中種植
舊雪的潔白與紛紛

這季節的、流水的節奏
這消逝與替代的快，你是有些跟不上的
你分明還看見：
你的另一個你活成白日夢
劃著你青春的孤舟，橫過
一個古老又年少的青澀渡口
單薄復零丁，一遍又一遍

徘徊

夕陽西下，餘暉披身
心事徘徊於江岸
風推記憶門窗，虛掩的情誼探出頭
回望來時路，「一霎車塵生樹杪
陌上樓頭，都向塵中老」
念少時同飲一江水，青梅竹馬，兩小無猜
梧桐牽梧桐，長江攜嘉陵
兩江有交匯，山水有風情
無奈江山如此多嬌，風雨卻讓玫瑰早折腰
浪打浪，鴛辭鴦，一程煙雲
滿紙杜鵑紅，半生漂泊半生原鄉

緣分有定數，歧路有相逢
再見連綿陰雨徘徊過
正是梅子成熟時，怨偶成親人
哪有干戈，何需玉帛
掬一捧長江水，一笑泯恩仇
情誼兑江浪，飲盡落日與長風
告別徘徊，江水永續，人在旅途

虛構臣服

訂制的衣服沒有來到
合襯無法穿起熨貼
月色鋪陳的遠方沒有來到
留白最後填充了夜的畫卷

雷電傾聽暴風、血管潮音
唇上虛構內陸海
珠貝懷抱自己，虛構浪潮傾覆
海鷗潔白的合唱不會來到
夜的心弦在月亮的心跳上
顫抖永夜
不知是千山臣服了萬水
還是萬水臣服了千山

靜的事物

星辰不言，懸掛仰望
普照眾生

江河不語，匍匐身體
渡萬千船隻經過
默默中持重
風雨中擔當

群山肅穆，挺立脊樑
高聳信念，把綿延不絕的
堅貞寫進白雲藍天

草間露珠
水汽陣痛無聲中
孕育分娩，滋潤萬物
折射黎明的光
懸掛金殿的重量
一露一自足
一珠一圓融

寫給終會到達的時間

作別夏日最後一朵玫瑰
在一種選擇裡抱緊沉默，越走越真
月光下，也會打開交出自己
終有一天，你會在自己的身體裡
看到凌亂的衰草
聽到河流裡再也抓不起來的
流水聲。河道越來越乾澀了
拒絕漣漪，直至拒絕小舟駛入

你知道你的生命立秋了
接著，會是秋風秋霜逼近你
一天緊似一天

生命才是原鄉

看非洲大草原動物遷徙
把故鄉在足下移來移去
哪裡踏著豐滿水草哪裡就是故鄉

睡夢裡流水俯首問過故鄉
源頭打哪兒來？何時何地何模樣
葉撫花問過根，落花問過流水
故鄉的故鄉，故鄉的故鄉的祖先又在哪？
創世紀答：它也曾開始於一個
沒有開始過的、陌生的地方
天地玄黃，宇宙洪荒

蒲公英擴大的繁殖開始於風
小絨球們在風中解讀風
在風中重新掌握風
借助風傳播它們的種子
把陌生活成熟悉，把異鄉活成故鄉
把狹義的故鄉活成廣闊的故鄉

雪玫瑰

一朵花的綻放
習慣被他體內的河川凝視、澆灌
愛憐又款款

一座完整而骨肉豐滿的城池
一半江山，一半玫瑰
有時吟風弄月的高雅，低吟淺唱
有時原始的媚俗與生機
大地上野性的追逐，欲擒故縱
就像這個冬天喚醒心中蜷伏的小獸
初雪時溫馴的小鹿嗅向雪玫瑰

我已鐵定心思——

我已鐵定心思，這樣同時光纏繞——
在逝水裡將秋葉臘梅蓮被歲月焚過的風骨
在五指琴的遺風，在詞語燃燒黑白的
熔爐裡，一季季遼闊地碾煮
沸騰一種菩提的禪意，提煉一種骨上的香氣
以備同行時，與你的同質媲美、相互繚繞

我也鐵定心思，這樣同時光到老——
我將日漸寬闊我的胸懷，從接納
小溪小家碧玉的氣質開始，一直延伸到
大海的大家閨秀，途中交百川為友
我要賜自己做風的巡捕，雨的首領
避雷針的風險規避，在時光的脈管中收集
風浪完整的不完美，收集肺腑的沸騰與沉潛
直到體內鐵質、鹽的成色足夠你的重與好

這樣最後你我卸下枷鎖與浮雲
剝去人生如寄的同一外衣後，我才能
提著 21 克的輕與你麾下赤裸相見
全無羞愧，再無煩惱

你的眼神

贈你桃花灼灼
贈你春水淙淙
贈你春風失蹄百花叢
贈你蜜蜂失足百花蕊
贈你淚如梨花帶雨
媚如海棠春睡
贈你，贈你
贈你春天在春天的事物上
所做的一切春天事
你心底羈押的春天能不能
呵氣如蘭，呼拉撐開
最主要是朝向我
你灼灼融化堅冰
喚醒春水的眼神

梔子花開

黃昏是街邊一株驀然回首的虞美人
街角，一婦人叫賣梔子花的倔強聲
將你拉回逼仄的往昔
已經努力回避，心緒如塵一低再低
轉了幾個圈，叫聲仍執著懸在空中
就像兜兜轉轉立於心房角落的往事

那時花開，那時圓滿
潔白芬芳落在年輕的百褶裙
落在三口之家的完整——
完整的家園，完整的花台
葡萄架下葡萄青澀，美人蕉妙齡
你們在梔子花下捉蟲除害，修枝剪葉
培土施肥，興致勃勃，一臉把握
卻忘了打理你們情感領地玫瑰日益的病弱
年輕稚嫩的裂縫，風進了，覆滿塵
一座婚姻的大山，病懨懨的玫瑰
沒能翻得過去

童年的顏色

顏色是有年齡與輪廓的
小時候的眼裡，世界的顏色
是花朵燦爛的繽紛
買來一盒蠟筆，給書裡的圖片
全穿上了彩色的花衣
因為物質的匱乏，因為多彩的浪費
被父親的怒目與黃荊棍狠狠責罰一頓
父親情緒的臉色常有兩種
要麼是大地泥土的，要麼是天空陰雲的

當我的孩子開始對著天空
支肘思忖：「天空是藍色的，那麼
我們的愛是什麼顏色呢？」
我的臉色變得緊張陰鬱
我知道：我心情與臉的顏色
爬到了父親的年齡
而孩子的，正是我小時塗彩衣的年齡

無題

她也不例外
情感的領地分成許多塊
屬於父親的那塊永遠塵封
也許那裡埋著一個時代巨大的避忌
也許埋著她這棵小草微不足道的卑微身世
也許，沒有也許
一切爭論的展不開的眉頭
都隨他的離世合上雙眼長眠寂土
一撮一撮泥土夯實的深重
一棵小草無心也無力再刨開
刨開不過也是宏大的風雨飄搖裡
眾多被遺棄中的一例
無常的普通

三月的抒情

二月被燕兒剪尾，柳手招來三月
三月有斜風細雨，唇色濕潤，情懷柔美
三月的風有又綠江南岸的懷舊氣質
三月的雨帶桃娘的柔媚
三月的原野兒女多夢——
草的，花的，桃李的，杜鵑千古的
三月孩子的孩子少女百合芬芳的

三月的嘴唇最抒情，三月要懂柔骨術
生日時要把自己盡可能地縮小一次
小成細胞，回到一條河的源頭，游泳的蝌蚪
回到初開的血花，紅色的初啼，母親的嬌羞

是的，三月要感激
像感激桃花的紅暈那樣感激母親年輕的嬌羞
像感激泉源那樣感激母親豐沛的母腹
像感激上帝諸神那樣感激天地間生命的
纏綿呼應，三月的孩子有著三月裡更小的孩子
三月的孩子在二月末梢的香江
感激代代相繼的血色傳承

夜航的思念

夜潮水一樣漫上
我的思念是夜空一枚古樸的木舟
划希望的槳，孤身起航
我要去向最高最遠的夜色
我要去向我結下的最親最愛的
果子的故鄉，探望，急切濃密中
沒有絲毫花謝的哀傷
在窗明几淨的校園裡
桃李正在夜習，努力吐納生長
我結下的果子也在其間。我在希望與等待
等待一枚果子成熟的香甜與欣悅
我在憧憬，懷著開花結果最樸素的願望
憧憬與秋天相見的美好前景

一隻孤雁凌空滑過，像一方飄揚的
黑手絹，似轉逝的另一枚帆影
雁兒啊！如此深邃的夜
你的孤單與我的，有沒有不同？！

懂得仰望，也珍惜低眉
——寫給女兒

你仰望藍天後，支肘盈盈地問：
「天空是藍色的，那我們的愛
是什麼顏色呢？」

你遇著殘疾人的乞討，彎下小身子
放進或多或少的錢幣，輕輕地，輕輕地

你用你稚嫩的筆觸
把含羞草種進你清雅的文字裡
賦予它們微小卻不屈的生命
褒揚它們謙虛而正義的品性
你讚美雛菊，讓它與心性相近的
含羞草做朋友

你經過街市攤鋪
凝望那細小織滿繁星的雛菊
懇求我買下它
把它們領回家
像孩子領更小的孩子

時間之樹

凜冬將至
時間之樹在風中歎息說
有些美妙的感覺要流走了
流水抓不住浮萍
風抓不住枝葉，根抓不住花果
冬的蕭索抓不住夏的繁茂
沮喪又無法控制

一隻時間的蟲子
癢癢的，無聲無形在咬
咬時間的記憶
咬餵養記憶的枝葉、花果
枝葉花果上的雨露、月光
月光中的蜜語與秘語
還有閃電，閃電的指認與對接

每咬一下，記憶就醒過來
時光美一下，痛一下
美好又憂傷

是春天了

鳥兒抖擻冬日瑟縮的脖頸
小嘴銜著春天的呢喃
呼朋引伴，叫著熱愛
光溜溜的石榴發芽了
桃枝鼓脹著花苞
每撐開一點羞澀
就給春天抹多一點紅胭

親愛，讓我們也拍掉塵土
搏動春天的心跳，在我們的
原始森林裡，看草長溪流
把兩座雪峰撲倒
把古老園子打開
複習開花吧，還要顫著
大聲喊出來！

謙卑

盛夏，窗外
蟬聲起伏如波浪

枇杷樹風中自如舒展著身子
早已在初夏交出滿意的果實
既無遺憾也無負累

再過去一點的香蕉林
掛著果實的總是低垂著頭
果實越多，頭越低

媽媽說這情景在這個季節
並不新鮮，地裡的紅高粱
田裡的稻穗，也是如此

拔

麈世的一隅
他躬身拔著
拔去體內一陣焦渴
只待迎娶又一陣駘蕩的春風
天涯芳草處處

拔呀拔，他不停地拔
拔得果斷，那麼輕鬆
多麼容易！
容易過我給詞語除草刪枝
拔去玫瑰刺

多麼羨慕！
從我的骨血或詞語裡
拔去你玫瑰生的根
卻如拔去一顆與唇相依的智齒
骨血會痛，詞語會痛
即使發炎，也遲遲下不了手

彌漫

路過秋風牽掛的蘆葦
古人的《詩經》便乘風而來
一同到來的還有詩人繾綣的伊人
她在水一方，秋水盈眸，若有所思
站著的孑影裡立著悵惘
彷彿來途與心事結著薄霜

如同在秋天的詩句裡
路過春天的玫瑰
俊美乾淨的少年便會騎著月光
打馬而來
他們清白立於月下——
有著怎樣青澀的面容，漾著
怎樣如水的清愁
那時芭蕉綠，櫻桃初綻

那時，如詩

那時，你們也常常地寫
長長的詩，並不通過詞語
你們在一起。像兩棵青草
兩隻小羊，兩隻喜鵲
兩朵浪花，兩對跟隨的
腳印。怎樣都可，只要美好

你們走長長的路
長長地凝視兩朵心花的臉蛋
海很遠，你們就長長地
遙望江邊的渡船與江鷗
在槳與翅上安放一些
青翠的遐想

你們也說長長的話
看長長的變幻風景
常常地，路燈和月光
把你們的影子拉得長長的
有時分離，有時交匯

送信的人來了

春天來的
從春天的青梅竹馬
春天的桃紅柳綠
春天的河流、渡口
春天的鐵路
鐵路邊的夾竹桃
春天的梧桐
梧桐月下櫻桃的吻痕來的

送信的人走了
夏天走的
勞燕分飛
河流搖晃
小舟浮沉
玫瑰跌撞迷路
蜜蜂誤入歧途

走過黑白

當烏鴉的黑攀上哲學的高枝
或詞語為它穿上修辭的外衣
事件已不是事件本身
黑已不是黑，黑走過黑

當你眼裡的煙重新幻為雪
當故事的敘事由沮喪裡的黑
倒敘，經過灰過渡
還原白，白折射白，勝雪
白也不是白本身，白走過白

長風浩蕩，歲月芬芳
青春已走過故事與事故
內外黑白的曲折
回溯之眼如煙雨裡流淌的青河
淌過年少的青蘋與中年的合歡
現在映照蓮上滑落的星光
無上清涼

網與漩渦

三年前的五穀餵養著我的清瘦
當然餵養我清瘦的還有高考體系
與對孩子高考學習莫名的擔憂
體系像一張強大而牢固的網
我們只能做網中粘附的蟲，被困縛
無能為力，越掙扎越緊束，只得用早起晚睡
吐絲去幫忙加固，傍靠這張網

餵養我緊繃的神經的還有對父親病重的擔憂
二十四小時手機嚴陣待命，醫院學校廚房輪迴跑
怕任何風吹草動，怕陰晴冷暖轉變
怕父母身處嚴寒的冬天無所依，怕錯過電話的
每一聲響動，每一天睡眠邊站著一個定時鬧鐘
那時我是鞭子也是被鞭子抽打的陀螺
是漩渦也是拼命擊打漩渦的船與掌舵的船長
划行於菜市、廚房、學校、醫院之間
期望用可口的食物去討好孩子的胃換來好成績
用藥丸去討好父親身體裡發炎的時間換來健康
憂心忡忡還要故作輕鬆

致歉

為人類豎起刺蝟毛髮的凶相
向同林鳥用小嘴互相梳理毛髮的暖暖道歉
為人類兩片嘴唇間射出詞語的唇槍舌劍
向同林鳥小嘴啄小嘴的甜蜜道歉
為人類同床異夢的同道夫妻
向同一枝頭同一方向同一仰望的
同林鳥的同道道歉
為自認擁有比海比天更遼闊胸懷的
人類胸膛裡射出的飲血子彈
向同林鳥不得不各自分飛的逃亡道歉
為製造災難的人類
向「夫妻本是同林鳥，大難臨頭各自飛」的
指代裡附著的道德道歉
為人類攀上道德的高枝
卻大肆砍伐同林鳥棲息的樹枝道歉
道德，我向你無視弱者生命的偽善與高寒道歉
陌生者的眼睛，我為你在此讀出的矯情
向我懷著的真誠道歉

立夏

是在蟬鳴出土的前夜
風撫芭蕉，月上樹梢
守口如瓶的深井旁
清淺的洗衣池邊
立著兩個蓮花般好看的少年
百褶裙與白襯衫
遲遲不願步入夏的帷幕
夜馳的火車將螢火飛盡
香樟在高，井水在漲
櫻桃的唇剛學會梔子花的吻

生命的尊嚴
——寫在醫院所見

一直在低處，塵埃中間
在醫院，在遲暮的老人間
「尊嚴」一詞奔突得黯淡又明亮
具體又模糊

年輕時的尊嚴，來得容易
生命美好又易贏得真誠讚美
思維如露珠澄澈
腰身柔美如春風過柳
喉間一隻清脆小鳥，總想把
生命禮讚，對黎明放歌
體內河川和諧地貫通流暢
靈河散發自由又飽滿的光
照亮前途與遠方

老時的尊嚴，搖搖欲墜的身體
如摧枯拉朽的老樹枝掛滿風聲雨聲、呻吟聲
日夜催逼著要黑白的時光債
肉身遲鈍生銹，骨頭啀啀唱著喪歌

血流罷工，一些脈管堵塞斷流，病菌像
八國聯軍侵佔瓜分你僅存的河川與領土
昏黃的雙眼閉著，鎖著徐徐降落的黃昏
思維紊亂，模糊冷暖人生
分不清鼻涕與眼淚，飯粒或排泄物
大小便失禁，記不得自己及親人
哪管什麼源頭與延續
今天與明天沒有什麼分別
過去與將來正在消失來路
而現在，是無助、無奈、無望
無數個無疊加出的虛無

點滴倒掛的玻璃瓶裡
一些變異的水的化合物養著
老者的奄奄。那些化學元素符號
萬物生命的來途與去路
造物主創造的物質符號
也像另一些修辭符號，可最後的句號
誰能告訴，怎樣才能劃得尊嚴劃得漂亮？！

蕩漾

蕩漾一詞，彷彿一劑回春藥
一提起就熱血沸騰
就面頰飛春，通體年輕
一念及，就聽到體內河流
舊的濤聲與擱淺的吻

湖水蕩漾生起漣漪
海水蕩漾捲起浪潮
造物粒子蕩漾一生二
二生三，三生萬物

而我和你某次
春心合拍的蕩漾
線條如波浪流暢起伏
在水宮裡造出生命
延續後代

遠

一顆星子喊過
另一顆星子之後
宇宙沒有什麼閃失
地球經緯也沒紊亂
時鐘足音款款
萬物秩序依然
草木山川都在原來的位置
狼或猛虎也沒有衝出叢林
沙漏裡的日子沒有多出來
流逝也沒有少下去
只是春天的夢境飽滿過又消瘦過
只是生命的血泉劇烈過
又平靜過

寧缺毋濫

其實我來晚了
每個容器裡種滿了花
裝滿了各自所屬的故事
我不會打碎器具
紮傷自己的手
也不會嫉妒所屬
我養花，從不溫柔地掐折
同樣的溫柔
幹嘛不欣賞它們合適匹配的美呢

而另一邊安靜質優的花盆
更讓我觸動，止不住讚美
讚美它用空填充滿，讚美它
沒遇著匹配，情願種著
滿的荒蕪

兩隻益蟲

是高牆內兩隻自作自受的蟲子
吃婚姻這張紙上所產的權利與義務
就是吃婚姻這張生命在愛之樹上著附的
葉子，葉子上的
汁液、雨露
一同吐絲，一同織網
相互捕捉又
彼此掙脫

但無論苦痛或是歡樂
在一起或是分開
由始至終，彼此認同：
都是兩隻於社會無害的益蟲
只啃食落到自我身上的風雨與悲歡

影像描述之：夜鶯

這風中自由倔強的風格與氣質
把牠看做杜鵑的同類或鄰居
由古至今，從西到東
音樂家雅尼曲中的夜鶯來自藝術的繁殖
你詞語中的夜鶯為修辭所生
距離與想像是孕育牠的母腹與子宮
牠用歌聲與血性成全王爾德筆下的玫瑰

更願把牠安置在夜，視為雄性
一隻黑鳥打開嘹亮的翅膀
天籟升起歌唱，繁星流動
明亮迤邐。吹開夜櫻，密集寬廣
一座豐滿的夢境之城，天空之境
似真似幻，隔著修辭
夜鶯，你霧中夢中謎一樣，迷一樣
蜜一樣深愛的雄渾男子
他解風解情，他詮釋美維護美
深惜王爾德筆下的玫瑰

小行星

小行星愛上一條
性格直白又溫和的雌性河
用好壞不分的真實閃電
擊醒她的死寂
用和風細雨的恆溫話語
撫起她內心的漣漪與浪花
升起彩虹，喚起她
匍匐遠方的嚮往
黑夜裡為她根植真實夢境
啟明星一樣引領她
跟隨太陽與曙光，潤撫夏日
最後一株玫瑰

物質的嘴唇尚未匯觸
靈魂的光已早於一切肢體抒情
照亮她靈河的方向

第二輯

2017-2024

聖誕假期的一天

到園裡到草木身邊去
見清潔工掃完落葉又掃西風
把滿滿一袋子鼓鼓囊囊的隆冬
在肩上扛過來又扛過去

到陽光懷抱裡
到紫荊花為路人分發香氣的地方去
去年母親牽著年邁的父親
在那裡來回踱步很久
如今急性子的父親先走到了天上
人間的路
我們今天手牽手替他們繼續走

時間的情緒

去年的時間被憤怒的海潮沖走
今年的時間又被新冠的恐懼吞噬

是的，憤怒與恐懼
主宰著情緒的上風

你看見愛與溫情，像被風乾的魚
像失水失色的花朵，成為標本
無奈地伏在生活堅硬的牆角
瘦瘦的，怯怯的委屈

胃口

與往常一樣，等量購入
積剩卻越來越多
對食物與慾望的胃口都在縮小
品嚐與喜歡也更專一
麵包，奶與蘋果
果腹，含著喻意

這是現象，別解剖本質
我怕時間這把鋒利的刀
一對準年歲下手
歲月越來越單薄的身子骨
會喊痛

清明

心緒在杜鵑聲裡
起伏
想半生過去
塵埃落定

最初
或最後
刻骨
或銘心

一聲感激
或一聲歎息
一架天平
最後持平的愛

聯結

隧道，花園
港灣，小舟，燈火
都是聯結

雌雄一起
摩擦生起火
弓拱成橋彼此通達

動用身體與嘴唇
動用粘液
動用太陽的黑夜，月亮的白天

喚醒

雪輝映雪，光融進光
駿馬喚醒草原，魚翔喚醒大海

當春風喚醒蓬勃的種子
那顆的赤子心
才會感性而性感

靈河

多年以後

生命之河老去

心如止水

感激風過的漣漪，動情而年輕

神秘而遙遠的靈河之上

雲的琴音

你的星子

你的絲般柔順

天宇恆在如鹿撞心

五月

一個說依然愛
一個說仍然愛
兩束光剖開肺腑
坦露心聲：
不會逃遁
依然相互熱愛，保持結構
與溫度

轉折的土壤
生長著牢固的堅持
像沙子填上虛空，雨點
補上夏季
像玫瑰，綻滿初衷

影像描述之：是夏似春

初時那個離別
還坐在燈下
你還在他張開的懷裡
張開嘴唇。舌上的消息
一樣清新可信，如雨

指尖上的音符
在打開的身上
營造港灣

鳴笛催促
隨性年輕

影像描述之：
生命承受的重與輕

你看你湧泉相報
以身相許了

唇是槍
舌是劍
一對小冤家的戰爭
挖掘出的夜色中
是曲線浮現，也是起伏的
原始的原野，大地轉喻的
生命承受的時重時輕
抑或舉重，若輕

影像描述之：旅行聖地

笑著，為她
拉上最後一截拉鍊
晨風目送
食物，餐桌離開他們

流水與火車打點路途
瞳孔裡的影像
有原始的平靜不捨的劇烈

電梯下行的數字
有口哨伴奏。音律間
胸口恍惚的波光
頌揚彼此忠誠的擺渡
山水相依又橫亙

關係

豎琴，肋骨與你們有關
春天，新雨與你們有關
猛虎，薔薇與你們有關

讓它們生動起來與你們有關
蝴蝶與花朵的情意，古典又現代
駿馬與草原的馳騁關係
酥軟是目的也是結果

沒有關係

精神，如文字寫消瘦
可內心豐盈。尚缺火候的夜
但五行多木
足夠你們點燃

煮沸時光就雪下酒
酒醉就借體發揮
如農人翻耕土地
如石榴，多子多福

影像描述之：紀念日

下著小雨
往復的舊雨

一對新人
兩場密織的新雨

琴瑟上下，呵愛夜色
和鳴和羞又流暢
彈撥塵土與體膚
端起身體的酒盞
前仰後合，醉月蝕骨

舊時光

戰爭、瘟疫
疆域間築起的城牆與鴻溝
重疊你們身影
越過陸地的舊時光
飛回島嶼的晚風
馱回你們
在雲宇裡飛翔

那是陸地與海洋的親密互訪
夏天所有的雨
在交碰的杯盞裡
像身體，傾倒花香
也像腹部的閃電

聽到消失的聲音

兩顆唇開始沉默
沉默地渴望
一種進入
急促與還原

心聲返回
長椅上身體伸出手臂
攬過另一個的頭
柳枝輕拂
春水漣漪

一張唇吸附住另一張唇
更加靠攏的心
慢慢緩解兩份試探的拘謹
成為體內沉寂的濤聲

海邊漫步

多好的窗口
街道尋找海的邊緣

多好的海邊
夜風吹撫兩朵浪花的跟隨

多好的港灣
吻著小舟的細浪吻著
心底的願望
每一片溫柔都是真的
都是新的

初

多麼好的不知所措
寶劍與花朵，英氣與香氣
弓與橋

多麼好的小緊張與小慌亂
小鹿與小兔，忐忑與初試
初吻與初雪

多麼好的粗獷與溫柔
猛虎與薔薇
不羈的形，細緻的心
一片片花瓣，一寸寸疆土

多麼好的配合協作
摸索又探索
槳與舟挺進河流至深
梯子粘接著
攀到頂峰觸到星雲
長髮漂在時空之河
又繞在雲梯之間

影像描述之：雪絨花耶，雪融花

太陽與晨風是舊的
你們是新的
鑰匙與屋子是舊的
你們的愛是新的

你的名字與清晨的名字是舊的
他在清晨喚你名字的聲音是新的
陽光洗過的潔亮的嗓音
第一次將你完整的名字
從清晨的膚骨捧出

像花冒出雪的身體
冒出他的身體
像冒著熱氣的雪絨花
沿著他的高緯度
沿著這個有著白雪稟性的男子
向著晨陽開放
開著聲音的俏皮與新鮮
快樂地向你搖晃

名字

今生你們都喚過的人名
火中開出了雨花，溢出了
梔子香

今生，你們騎馬縱橫草原
良人與駿馬
那些黑的白天，白的黑夜中
語言黯然失色

雪域的有情郎

酥油茶，格桑花
轉經筒，揚經幡
高海拔，雪域的有情郎

有一天你會同意
用身體裡的雪
來款待世間最難得的人

期待的屬性動情釀出
無限無終的兩個人

收藏

不必翻檢那個記憶百寶箱
我知道迄今為止
自己最深刻的收藏

不是美與善，這些概念
太大太籠統
也不是志氣與風骨類
這些高大上，一臉
嚴肅，一本正經
不，不是，不是我主動愛
應該愛必須愛的那些

天知道，我最沒志氣最珍視
藏至最深的僅僅是你那句
初喚我的「寶貝」
它私己貼心，小家子氣
它讓我感覺在這薄情的世上
被深情而隆重地愛著

港島山道

「喜歡這裡的街區
山道很有感覺與氣質」
這樣想著的時候
恍惚有雙溫存的手
在她胸前的山道溫柔
掂了掂，劃了劃
山前的月色
有片刻的陶醉與
暈眩

劇

在冉冉升起的爵士樂中
浪花握住浪花溫柔的手
猛虎細嗅薔薇走出修辭
終於，身體完全替意識做主
交出門戶鑰匙、敏感密碼
打開疆域地圖，附上指南指引
領地領空造出雷鳴閃電
照亮草叢、喚醒溪流
溪流熱情豐沛
顫慄著喚出無數
生動調皮的小蝌蚪
夜色如水啊，夜色如酒
夜色如波紋彼此覆蓋中飽含
飽含中覆蓋，流暢起伏

互證

靈魂的隱性與有品質
類似於宇宙暗物質
靈魂分質地
卻難以名狀
雲遮霧罩，飄渺
難以捉摸

當靈魂難以確切描述
而又渴望追認相通時
你們不隨便不撒謊的
吻、淚、魚水交融
投遞這份感知與情狀
以溫度以契合
密集的雲雨自琴瑟落下
以歡騰，以顫慄，以讚美

山水相依

窗外
柔水靜靜依在
青山的懷抱
風的手輕撫過來
也把溫柔這個詞的形神
在他們依偎的姿勢上重現
想撲進他懷裡
任性、撒嬌
但矜持是喝止的
聲音，喝止的手

也不用擔心，常常
他一句暖語就能
融化她的矜持
她一個熱吻就能
點燃他的烈焰
春天噴薄而出

歲末

徜徉於歲末之光裡
冬青清涼，鴿子安詳
你莫名如水靜柔
你剛繞過草坪修護的圍欄與障礙
你早練成與局限達成和解的能力
物質的貧富，身體的康健與衰老
你也具有了分繁去蕪的技巧
米粒中挑揀沙粒，煙塵中栽種米蘭
沙粒與淚滴中孕育珍珠般的溫潤情意
撇開浮華與泡沫
石頭仍然是石頭
玉仍然是玉
你能分清，並愛著

香港島的連接

四面八方茫茫的海
將我們隔成獨立的香港島
我們之外疏離的的島為離島
島的身世，離島的身世
多像一個舉目無親的
漂泊者的身世

漂泊者最後有燈火
有海上人家的連接
海有碼頭、港口、港灣
船有燈塔、纜繩，有岸有錨
而島與島之間
島與不是島的其他地方之間
連接的方式有橋，有海底隧道

親愛，我聯想起我們之間
深入身心的連接
有弓有橋有隧道有港灣
類似結構的譬喻，具體又抽象
疏離又親密

一滴水的歸宿

「一滴水如何才能
永不乾涸」
「讓它流入大海」

無須擔心大海——
這個普羅大眾最後的歸宿
值得擔心的是一滴水的流途
流途中的險阻與誘惑
黑的白天，白的黑夜裡
它須不斷沖刷黑白
不斷繞過石頭、荊棘與花朵
濯清或浸染，邊緣或漩渦
如紅塵中任一的你或我

送藥的來了

通常會是些物質藥物
白的，黃的，他色的
粉面，膠囊，顆粒的
中式，西式，合璧的
治五穀餵養的後代
治五穀暗藏的日月發炎的
後遺症，物質對物質問症

送藥的來了
這次有些不同
送的是詞語，詞語的本義及喻意
是精神對精神把脈
察對世事的麻木與虛無程度
診血管裡雷鳴與閃電的
光亮與強度
測媚骨的缺鈣與
奴顏的缺鐵性貧血

雪與雲

那年那月宛立夏日水中央
是玫瑰到來的季節
合時的季節生長合時的
花與人，雲與雨
是雨水豐沛的季節
白雲你說，多麼好
那個愛惜自己羽毛
白雪一樣潔身自好的人
與那個溫存碾壓白雲你身體
在你身體種雪種火的人
是和諧的同一個人
將白雪胸懷與火柴情懷
融洽結合的這個人
總有魅力與能力讓你在
雲端飛的這個人
呼應你想像

愛的薪火或盛夏的果實

草木步入盛夏
身心也是
滾燙、茂密，季節的徵象

荒涼並未覆蓋身體
好好做。焰語裡燃著兩簇薪火
生命的推倒的
愛在推倒的有機體裡累積

愛落到實處
官能欽點
一寸山河
一寸肌膚
古老的開墾
花朵，果實
深入蜜汁的針
挑破愛的膜

重陽

日子打馬涉水而過
馬蹄聲越是急促
殊途同歸的終點越是接近

今日登高
穿過菊花淡然的眼眸
望向遠方
一片白雲越飄越低
越飄越近
向海洋借遼闊
向海鷗借自由
萬水千山之後
誰會攜帶海的氣質
乘著舊月亮的光
乘興尋來
何懼秋意濃
哪怕鬢覆霜

挖掘機

這個奴性的機械人
沒有主見，沒有思想
又在役從主人
機械地挖事物與秩序了
它拿走海邊那一大片自由與空曠
玩弄無數的沙土沙石於吞吐之間
在此之上聳立新結構與新秩序
宣揚對開闊視野的永久遮蔽與持續佔有
它大口大口地吞噬掉人們選擇的權利
驅趕垂釣閒情逸致的釣竿
驅趕與人類和平共處的鴿子與海鷗
幫助新秩序裁切亮麗的虹影與霞衣
誰一再縮減人們的海闊天空
挖掘機說它不過是個幫兇

路

以前以後常走的路帶我們走
樸素的地方，樸素的話語與腳步
細浪吻著岸石，每一片溫柔都是新的
海風送來早春的體息
仍帶些涼意呢，都稀釋在我們暖暖的
心裡了，紫荊在夜風中輕舞
它們總開得持久，舉著長久的等待與歡迎
契合多麼好！相同的心意
同頻的節奏，就像我歡快跟上
你的腳步，就像時時感到我們
認識事物的相同與相通

一切都是美好如意的樣子
想我以後獨自再走那些路
就以這樣的方式在路上與初次重逢
想到你過去是怎樣的，又走過
怎樣的路，路更親近了
路便不只是路，路是一再
延伸關聯的事物

女兒的笑

底子裡遺傳有她父親的稟性
真誠厚道坦蕩
有這打底
笑臉不會太難看
行走塵世不會太難
時間會為歲月加冕
母親種下一顆願望的種子
果實的生成可參考
她父親既成的前半生

當她笑
若荷盤中玉珠滾動
歡快，剔透
眼河中浮現兩朵蓮
直白，可掬

疊春

我愛你時，我是柔和的
春天有脫胎換骨的新鮮
彷彿生活剔除了怨骨
萬物都輕柔可愛到值得稱頌

低下頭，一想到你
莫名的歡喜如祥鴿
從心愛的橄欖枝蹦出
默喚你親，如光普照晴
面前便芳草茵茵
滿眼翠綠，天清地朗

走在人流中，常幻想
你會不會忽然的出現？
眼前的路便也溫和走進良境
桃枝與銀杏把春天舉在花與葉上
我把我們的春天小傘一樣疊在心裡
豔陽下展開過，細雨中展開過
甚至月夜，抑或夢境

彩虹與港灣

他在的日子才是好天氣
他本身就是好天氣——
言行孕育和風細雨
身子升起弓橋與彩虹
架起天梯，供兩簇生命的火焰
通達雲霄

波光、燈塔、花朵
——他眼河的柔波攝取的好風景
他本身就是好風景
他是循環往復於你島域的
玫瑰雲、個性的小舟、專注的蜜蜂

海懷著洲，如你的港灣懷著
他挺進的小舟，他是壯健的水手
他是優秀的釀造師
從生命的浪潮裡
翻攪更多生動的浪花
析出更多質優的鹽

夏至的另一種表述

太陽，宇間美神的星君
那個年輕的夏天
你在人間指認的太陽
披錦衣，踏祥雲，懷玉如意
越光年般隆重來到
用時空裡累積的金黃思想
更新你精神疆域的蒼白
火紅的激情協同玫瑰
把紅焰徑直開上雲端

此後，如星月相依
任晝夜長短交替
任雲月互補盈缺

夜路

進程混沌與艱難時
帶來搖籃曲與安魂曲的人
與帶來痲醉劑的人
沒有什麼本質的不同
事物痲醉的效用也差不多

製造清醒劑的人在哪裡
良藥已被有意無意遺漏
燈塔已陷入黑暗中
最先亮著的那些星
烏雲遮蔽它，時間隕落它
惡風摔碎警鐘
黑手捂住哨子嘴巴
黑夜裡泥濘中的行路人啊
仍在跌跌撞撞的摸索中

庚子年的情人節

叢林同禁，山河同悲
躲避新冠的節日裡
你能想到最美好的是
愛在，情在
共同馴養的玫瑰還在
香氣濃淡與生長的速度
匹配愛的親疏
星星還會照耀它
雨露還會滋養它
雪與月還會落到它身上
你們還會繼續認領它的芬芳
愛護花與葉上偶爾的
小傷口與小破綻

教育的池塘

一個最初的池塘
我們童年時的池塘
原生態，自然，寬大
鵝媽媽與鴨媽媽們帶著孩子
徜徉自由的池塘

一個池塘
我們聽從號召與指令
抽走生動的水
扔進絆腳石
鏟進泥土
不斷剝奪它自由
侵佔它邊界的池塘

一個池塘
我們合力毀掉的那方池塘
我們交給孩子們的無水無趣
只有僵化板結與無數禁令的池塘
沒有了快樂遊弋的魚兒
也沒有了自由之波的蕩漾

現象

那片土地
種樹施肥澆灌的人少
敢於捉蟲的啄木鳥更少
還沒怎麼成熟呢
挎著籃子唱著靜好歌
前來摘桃子的人
越來越多

不如

談及風骨就如鯁在喉
這物質至上的年代
精神戴著枷鎖原地跳舞
談人的風骨，恐龍一樣難覓
化石都在博物館裡
自我標榜不過是自圓其說
不如去談一株梅
一棵松，一根竹的
又最好是在強權的霜雪
統治宇間的時候
那種凜然與純粹

而論及宏大敘事
不如先道個體沉浮
眾生如水滴，流入大海
裹挾與匍匐
是包容還是傾覆
海嘯時，每一滴水
都在顛沛與憤怒

嘿！你

風一吹上玫瑰的眉頭
比喻就攪動場景
鮮活起來
親愛，該如何稱呼你
嘿！翻鏟土地的農夫
拍擊音律的鼓手
騎上浪花的船長
駕馭草原的騎士
搭建雲梯的匠人
勇攀仙峰的健將

如果海陸空的方位還不夠
那就賜你至高頭銜與權利
——總裁，君王
兩個人的城堡與王國裡
你是律法與執行者
霸道又霸氣，野蠻又溫柔

庚子年的立夏

是夏天了
被病毒挾持的春天消逝更早
被淚水浸泡的春天無法清亮
霜雪籠頂，櫻落烏啼

橡皮擦，已是兒時紙上的遊戲
抹不去的春天的傷痕仍在擴散
南半球北半球
拿什麼去彌合與過渡
夏蟲與冰的對話與溝通
正彌漫為洲洋之間棘手的
國際問題

蟬自是不理會這些
去林間，牠主動
領君入夏的林蔭道

地圖

心靈這張地圖——
經驗，意念，信念，理念繪製
指引前路的方向

外貌這張地圖——
皺紋，溝壑，傷痕鋪就
訴說風霜的路途

身體的地圖佈滿
山水起伏，波峰浪谷
探索抵達雲端的階梯

江山社稷的地圖
它的外貌，記錄著
一個國家與民族歷史上的
榮耀與屈辱
它的心靈地圖，指引著
文明前進的方向與道路

這時，光是礙眼的

黑暗中生息與作惡的
老鼠，蟑螂類
一點光亮與響動
牠們就會瑟縮或逃逸

原生洞穴裡的穴蟲
盲洞食人魚，盲蟲蜥蜴類
牠們如此適應地下與黑暗
以至於失去了色彩與視力

習慣了黑暗
或需要黑暗來作掩護時
光是刺眼，礙眼的

影像描述：咖啡店的記憶

是早春，兩個名字含著玫瑰的
初衷，靠近杯與杯的距離

想說飄了若干年的名字御風落座，不易
想說杯唇與杯唇並列相望，難得
在它們之前，時間曾無數次翻越
重山復水，無數次叩擊懷春心扉
無數次煮沸晨昏與落日
才能溫潤眼前如珠般濺落的話語
如溪般清亮的心意

說的什麼無須刻意記取
眼神與眼神一相對接
足以承托發聲的任何細節與事物
記得彼此都表示感覺有些熱
致使發熱的，除了緊密局促的空間空氣
是否還有些別的什麼原因
而消弭發熱，即使脫去面上的外衣
似乎也沒能完全緩解下去
夜如指短，如星亮樸
兩隻紙杯坐到打烊

偏愛玫瑰的荒謬

棘過手的上一朵玫瑰
否定不了
也修改不了
下一朵玫瑰的芬芳

同樣
迷醉過心的上一朵罌粟
再豔麗再激情
也改變不了
下一朵罌粟的烈汁與毒性

我知道

只要我的詞語
一對準謊言、妖魔與餘孽
它會搖身變為火藥或子彈
仍具血性與殺傷力
洞穿核心與真相

而一旦沾上蜜
進入蘋果的伊甸園中心
它又會服貼在花瓣
眉眼充滿柔情蜜意
等候它心儀的蜜蜂
前來迎娶

驪歌

所謂愛就是
醉過玫瑰的刺與體香之後
你就更能分辨類似的
薔薇或月季，並對它們
絕緣或免疫

生活

那天
我以青椒、蒜頭、黃糖、香葉、八角
加上少許鹽
拼湊了一盤生活
後來我覺得還應該兑上幾滴醋
再點綴幾朵玫瑰
也許，你還可以繼續添加些
可有可無的什麼

旅行

彼此站在眼河中央
俗務之上，多麼美好
你們就是風景
連綿跌宕
站立為山島，躺下
即為海床

夜裡十指相扣跨雲追月
嘴唇與月色的醉飲
清晨陽光照亮俏皮的
呼喚

影像描述之：拋物線

雲朵飛過
飛機飛過
鐵鳥青鳥飛過
都是故人你飛過
以為鐵鳥會停留
夜晚怎會有彩虹呢
黑雲很厚
心緒的興奮與失落高低兩點
隨手重重滑下拋物線
緊的冷風又把它
吹得更遠些

來不及告訴鐵鳥
它從天空經過的
那個晚上，整個城市
都在沿著我的心坎
傾斜與顫抖

夜晚的細雨在夏天

是玫瑰隆重盛開的季節
是海濱翻雲覆雨的潮濕季
兩隻酒杯的唇頻頻碰在一起
兩份好感反覆擦試著火柴
劃燃的身體飛上雲端
夜晚的細雨密密落在
夏天，落在港灣
也落在枕畔與臂彎

青椒，柑橘，排骨

關上兩扇外向的窗戶
青椒，柑橘，排骨
它們的色香味
在果腹之後

枕衾上的暖晴以及雪與花
輔以豎琴的肋骨伴奏
直彈到與蔬果一樣活色生香
這樣我們抱住接地氣的日常
抱住人間煙火的
瓷實與溫暖

蘭花，蝴蝶，彈性

蝴蝶的嘴唇
蘭花，花蕊，滋潤
你某些部位的彈性
只這麼一想
春水就蘇醒
就不免有些蕩漾
這水啊，入得了哲學的殿堂
也進得了貼地的溫床
這蕩漾多麼好

寫在淺水灣

海還是那個海
身體住址：港島之南
形狀輪廓：外在闊長
海不是那個海
海的血水每一秒都在流逝
新舊分子原子迴圈更替

夕陽還是那個夕陽
恆星長相、物質構造
夕陽不是那個夕陽，物質運動
遵循赫拉克利特的萬物皆流

你們還是那個你們：名字、性別
你們不是那個你們
青蔥辭別青春之樹
髮絲如枝葉，日漸稀疏
沙漏流走體內激情
火焰削弱身體這具火爐
浪尖上的多次高潮
夕陽的光返照著

那些詩與詩語

無數語言的小基石
粘聚成山體
挺立出意識的緯度

無數語言的小水滴
交匯成語河
映照出靈魂的魅影

無數語言的碎片與鏡片
拼湊與折射出
完整獨立的精神形象
玉或石的品質，光芒或黯淡
溫潤或僵頑

雨與傘

驚雷還未立穩腳跟
大顆粒的銀珠就順著天梯
滾落下來了
只一會又變成了瓢潑
多大的怨氣才配得上這樣
一股腦兒的撒潑啊
真同情裸露在外的
人啊，樹啊，鳥啊
無遮無蔽
這麼一想
幸福就撐滿了我的蝸居——
這把穩固耐用的遮風避雨的小傘

來處

可以如山水赤裸相對的人
一定是關係不一般的人
言語親密無間
肋骨契合無縫
一根針都落不下
雪白的原野上
落雪白的音符與和聲
落雪白的閃電
雪白紛揚的雪
結晶與消融都是雪白的
覆蓋融匯一起
極致處釋放一種天然的
富含 DNA 的蛋白混合物
這生命的密碼
上帝的傑作
造物的恩寵
這哭與笑最初的細胞來處

故鄉

天之涯，地之角
當故鄉縮小為版圖裡的
一個小點，化為夢裡的
一個詞，故鄉已走遠

旅途裡的蝴蝶、飛雁、候鳥
浮萍、蒲公英與風——
凡具強勁遷徙力的事物
都是我的朋友
風浪更迭，船影散盡
當流逝不只從屬於單一的流水
我已不再執著於故鄉的狹義
大地本分依存於人類同一星球
凡善良樸實土地一樣誠信可靠的
都是我的親人，不論語言不論膚色

海鷗繞著大海自在地飛
自由——那是牠的原鄉
——遼闊，舒緩

感謝香港島

南方的冬天並不寒冷

感謝南方寬闊的香港島
收留我這葉孤舟的漂泊
我早不學斷雁——停沙洲，叫西風
也不學鴉雀——望寒夜，立雪枝
仔細清點，剩下的憂傷裡
歸於寒冷與孤單的
並不會太多

喜歡的雪
一般都落在別處
喜歡的人還駐在心裡
抹掉台痕上淺覆的塵
一枝倔強的舊梅
穿過時空的隙處
又散發出自我的香氣來

水上的日子

我投在流水中的石子
有些濺起漂亮的弧線與水花
有些悄無聲息沉入水底
我投在風中的話語
有些對接到契合氣息的
回應與漣漪
有些如雲似煙，鬱鬱消散在風中
我種在叢林中的詞語
有些被安放到馨香的書頁，典雅的殿堂
有些是垃圾，被丟棄瑟縮在某個暗角

這些鋪於水上的光陰，錦繡或碎沫
這些或明或暗的水滴，黯然或歡快

問君能有幾多愁

你的愁叫莫名
它很大
來途裡的千山與萬水
都盛不下它
只能任一腔愁緒
向香江的海裡流

你的愁它很小
街角飄來的一句鄉音
就能將它稀釋
碼頭偶遇的一個鄉鄰的擁抱
就能將它融化
庭院深深裡的
一次月圓，一聲布穀與鵑啼
就輕易將你喚回故鄉

影像描述之：
月亮河與太陽河

飯後別朋友他們去了月亮河
立在往事岸邊
往事站在盛夏的蘆葦河邊
天上鳥比翼，河裡魚追逐
空氣裡飄著他的溫言暖語
在河東在河西
月亮河流向太陽河

河流與一切美好的事物
都是磨去棱角的鏡子
都是對他們成雙成對的影像觀照
這影像包括現在
不同的路人剛為他們拍好兩次合影
挽著胳膊，牽著手，她用的是心
他也一定是

襲罩周遭的黃昏
濃上來，籠過來
搖擺的樹枝揮動著手臂
相觸又相離，因為風的關係

愛在金秋

田野裡、樹林間、廟宇旁
低著頭的稻穗
斂翅的銀杏葉
鋪滿深秋的身體
這是天染的金黃
這是散落的黃金碎片
眼眸為鐮為器
收割的收割
收集的收集

這是成熟的時間
飛逝的飛逝
有的降落進泥土
有的埋首進種子

馬或馬的修辭

那匹駿馬
威武孤獨
帶虎的屬性
那匹駿馬
豪放灑脫
韁繩與鞭子
不忍心束縛

牠趕走俗塵
追風逐日
或碾壓她的草原
粗暴又溫柔
溫軟與酥骨
恰到好處

但牠並不一味沉溺於溫柔鄉
遼闊又沉鬱的山河大地
招引牠檢閱的腳步
古老又年輕的星辰
它們或東或西的看護

影像描述之：雲羽

夏天拉開幕景
大海血脈噴漲
紫荊與玫枝攪動腥濕
藍色翻湧

相愛的人兒
相互撣掉俗塵
卸下枷鎖與負累
忘卻思想與主義
輕如雲羽

這天賜的羽翼
在鳳凰花火焰的引領下
飛翔是順理成章的事
共赴雲霓是妙不可言的事
歡浪此起彼伏
雲羽上下翻飛

異域道路

當時間被談論
時間在唾液中飛逝
當時間這個詞被寫下
時間已寫下歷史

道路在歷史的經緯縱橫匍匐
來龍去脈的溯源
種子與基因的探尋
什麼樣的種子結什麼樣的果實
什麼樣的意識走什麼樣的道路
什麼樣的道路見什麼樣的風景
種子、意識、道路
它們來自文化文明的基因
又充實著文化文明的基因庫

看見一頭醒來的雄獅
徘徊十字路口之後，領著兒女
走向一條頗具爭議的崎嶇之路
它們將去向何處
山重水復之後，可有柳暗花明

霜降

霜：固態、晶狀、膚白
大自然中的白富美
嫁與草葉，也嫁與土塊
無論窪地，無論山谷
都是遵天命，好景
與困境都不會太長
當本質表現出嚴酷
那是引伸在側重它的修辭義
霜劍是其一，鬢霜是其二

當風刀與霜劍
被你另一半的他擋在門外時
世態炎涼的霜大多降在日曆的紙上
落到你身心的很少

當你生命的和絃加入生活的合奏
加入鍋碗瓢盆的交響曲
推遲或減少鬢霜是目的
是曲的意趣與宗旨

初見

他們沒有直接讚美
他說春風拂面
但吹的是冬風
她說整個城市滿面春光
但其實是殘冬陰沉著臉的一天

年輕結實的小慌亂小緊張作證
當天，城市，長椅上的
兩粒微塵，兩顆羞澀的小行星
晚風吻過他們
他們在晚風中吻過
唇舌試探著
滑入黑洞，啟開蜜源
如期，如願

另一個不老的她

不管是光與玫瑰相互確認之時
還是金風與雨露初逢之季
她就已經老了
看得見看不見的特徵
她都有

看不見的
她心裡還住著一個少女
初吻與初雪養著
從沒敢對星子說出
它們能照見她的那個她嗎
小小的，安靜的，憧憬的
蓓蕾一樣，單純又羞澀

和風之手劃上鼻尖
嘴角就會上揚
細語之唇吻上額頭
心就會顫化
當和風、細語
誕生於心儀的產房

桂花般的香氣

是時間堆積的茂密
茂密在頭上的注腳
是普遍的女子男子，靈魂自帶香氣
是具體的雄性你，品性才識俱佳
——大腦枝椏上綴滿
成熟的思想，金黃的智識

是遇見你就生小歡喜，潮水般密集
覆蓋，四面八方
漫過金秋的身體
是緣分賜你風的君王，雨的首領
獨領風騷，在她身上下一場場
紛紛揚揚的花瓣雨，沁人心脾

同道

那高高的山巔
除了流雲
還有令人或激昂或平靜的什麼
佛拈花端正於蓮座
腦袋舉著各自的意識走上升的路
眼界攀爬階梯
有時看到東邊的菩提在結西邊的果
有時看到西邊的菩提在結東邊的果
星辰與燈盞即將點亮暮色
遊人在前，在後
分歧在左，爭執在右
或者相反
中間飛起晚歸的鳥鳴
你不在，你也是喜歡獨行獨悟的
同道

局限與圓滿

歲月越是去到薄暮
「我沒有可恨之人」——
這結論會更加清晰
我手捧著虛無這個人生之果
輪廓更加鮮明

是的，我沒有可恨的
無非是因果之緣
無非是靠近或遠離
無非是愛或不愛
無非情感之井潤及或
潤及不到，映射或映射不到
無非是情感之圖景願意描繪
已經描繪，以及未曾描繪
無非是生命這簇沉寂之火
它的喚醒、燃燒與熄滅

如此而已
我是我所及與所愛之圓滿之局限

秋分

晝夜平，寒暑平
思念如海上波浪
一波未平一波又起

秋已過半
風色日漸高清
背面的月兒走在逐漸圓滿的路途
海上北來的飛雁，啾著秋的呢喃
哪一隻似你的溫存

浪花之手，撥動著海的心弦
浪潮裡湧動藍色起伏，時高時低
似音律拍擊海岸，一波三歎
牽漾著心境，時明時暗
彷彿寒蟬淒切的千古舊愁
彷彿新雁新人的新雨新思
耽在心靈的天平上
一會兒舊愁壓倒新思
一會兒新思壓倒舊愁
一會兒平，一會兒又不平

港島線與無線之線

她說回家
他說港島線
如果沿著這條聯繫之線展開
這條物質路徑
這條實體線
這顆指南針

還有一顆隱秘的指南針
還有一條無線之引線
穿過心靈之途
指向靈魂的意識
量子糾纏的波段
量子糾纏的場域

月光

月光，銀色的紐帶
連接天上宮闕與地上人間

月光，夢裡的長衣
覆蓋故鄉與異鄉，天涯與海角
暖著夢裡的悵惘
也暖著夢中的思念

月光，明燈
遼闊的月光照亮分隔的人兒
缺席的遼闊

月光，故鄉的臍帶
不絕地向遊子輸送
思念生長的養料

月光，時間的臍帶
延續古今至未來
你我正藉著它名為「如今」的這一段
呼吸與生息

還老得不夠

還必須忍受乳房的
潮汐與脹痛
還必須忍受經期情緒
如過山車的顛簸起伏

還老得不夠
還有落髮如落葉
還有門可羅雀的幾度秋
從生命之樹可落

還老得不夠
心河還未完全乾涸
還有迎風泛起漣漪誤以回春的
恍惚與錯覺

月亮

世間陰陽
無所謂遠近
就像太陽的光
總會近到月亮的夢裡

無所謂缺席
當人間仰望
無論海角，無論天涯
目光就在月光上重逢

無所謂分離
這光的紐帶
千古不斷
世代牽繫

白露，秋葉

秋葉，白露——
時間的事物，迴圈的產物
延續的屬性，盛托的關係
年輕的孩子們更多青翠蓬勃的日子走來
我的日子將如秋葉，走向衰老
斑紋脈絡日益凸顯
對待日子的態度越來越像
一棵秋天的樹，逐漸刪繁就簡
記事如樹幹，沿用提綱挈領

心緒還會有如露圓潤
如花輕柔的時候
這樣的時候
通常是搭乘記憶這葉小舟
划向和風細雨的心湖
划向豐滿的月亮河
划向盛年的蘆花深處的時候

影像描述之：基調

一改往日的溫柔與憐愛
粗壯的浪潮拍打河流兩岸
她的岸或堤壩
捲起千堆雪
堅挺的器具反覆碾壓
至她的土地溫柔臣服
茁壯的根洞悉身體的密碼

貼近乳峰與核心
他唇如磁鐵
吸去她的心魄

穿過汁液，與果核
抱緊肢體與皮肉
那緊湊那劇烈的浪花
琴弦上彈撥的照明燈
最強音，也是
來途與夾縫裡的吶喊

畫家班克西的飄雪

鐵桶裡咻咻燃燒時間的物質
在空中在寓意的轉角
飄起雪片，飄出
小男孩瞠目吐舌的欣喜
飄自畫家班克西的諷刺塗鴉裡

一個身體傾漫
另一個身體的火焰
沸騰燃燒著兩股激情
生命的焰火驅使下
帶雪身世的身體
產出熱烈的帶血性的
愛的雪片，不住飄灑
覆蓋與旋轉
夜蜜一樣粘稠
漫夜飛舞，雪白傾城

兩種比喻的身世裡產出的
兩種格外新鮮的修辭的雪

肋骨

鑲嵌在生命的夏季
血性吻合不排斥
眼神的柔波
啟動眼河春水的心跳

進入原始的園子
古老的愛品嚐蘋果的成熟
蛇的身姿，舒展又纏繞
在根的茁壯

星河黯淡星辰缺席時
心靈的燭火更加明亮
世相的漏洞與破綻
你們用精神優質的粘土
堵塞與粘接

靈魂是個宏大而玄妙的事物
靠著豎琴的彈撥
與肋骨的共鳴
細節切實地確認同頻

月與日之間，陰與陽之間

萬物存在的體系中
盤古以來，月亮她就認定
你是她的太陽
是她永恆之光源
是她永世追隨的信仰
她直接或間接的轉動
都是為了環繞你轉動
是為了「環繞你轉動」——
這個信念的不轉動

你和她之間分離是宿命
距離是天生的秩序、天生的美
是光與影的普識原理
與普世傳說
碰撞與聚合是毀滅，是毀滅的
原罪

月亮的自畫像

月亮我在我的軌道
從未停止移動
雲層一次次遮蔽我
一次次藏起我的本我

當我的自我衝破雲層
顯露殘缺抑或圓滿
必有眼睛看見我
讚美或是憂傷

而殘缺不是我的本相
光也不是我自己的光
我在宇宙中的存在
周而復始地夾在地球與太陽之間
像情勢，懸而未決
像身世，身不由己

細節

一枚提色黯淡的小胸針
一條聚成大江河的小支流
一個達至千里的小跬步
一個潰塌千里之堤的小蟻穴
一種草船借箭的草束功臣
一塊既能壘砌也能搖撼大廈的小基石
一顆壞了蹄鐵折了戰馬傷了國王
輸了戰鬥亡了帝國的小釘子

宏大裡的小
高處下的低
粗略裡的具體與細實處

一個細小的針眼，能連綴一片錦繡
一首垓下的楚歌，頓教霸王痛失
整個山河

寫給女兒

在我這裡
她是野馬，綿羊（我們也喚她狗兒）
是打雷，閃電，落雨，是雨後的彩虹
是刺蝟，針，釘子
是棉是蜜是柔情似水

她在我的物質與精神空間自由出入
一個大腦遙控器切換自如。穿睡衣
著拖鞋，蓬頭垢面，怎樣舒服怎樣進行
無須虛頭巴腦拘禮。素顏，不粉飾，無須
給語言化妝或穿華麗語衣，硬且直
像白楊，像松，無須鞠躬與折腰
她用語言的尖角頂我心室秘密的抽屜
她搬動我空間雲的陰晴，塗抹它們的顏色
卻不須察我的顏觀我的色
也就是說在我這裡，面具成為多餘的擺設
我看得見她的有棱有角，看得見她的隨意、放鬆
立體、多面、生動、本真。她是她自己
而我，或許是她的安全與信任？！

早春

記憶裡
長椅是一顆珍珠
躺在時間的河床

是夜風中
是路燈下
他的手指修長
在她臉蛋、鼻尖
髮絲和背膀
輕輕劃起早春的漣漪

初吻含住夜色
向長椅與身體傾斜
羞澀是兩顆星子
時明，時暗
時斷，時續

星子古老
羞澀卻如此年輕

八月已立秋

可有一個輕盈的鐘
仍停留在夏的七月
從七月裡出來後
總喜歡看雲
彷彿變著變著就看見雲上的你們
彷彿跑著跑著就成了七月街道上
牽手的你們
一重疊，又像你們側身不經意蓋上的
那個吻

但雲總是要散的
無羈絆的好日子總是要過去的
就像這往復的風
一天天總是要涼起來的

影像描述之：旅行或移動

有多少窗口就會生長多少人情冷暖
那些煙火故事

煙火之中，長歡笑，長爭吵
長嬰啼，長後代，長綿延
更長青苔，長灰塵，長荒蕪

「就在那個窗口，我擁有了你」
當你們融洽身上屬於雨雪的部分
屬於愛的瓊液
讓窗口開出玫瑰的景致

視窗與玫瑰移動著
愛的旅行
你站在哪裡，哪裡就是愛的視窗
海旁，河畔
白天，黑夜
延續生長，日益繁茂

你們依望的窗口

白天可以看飽滿的海
看長相各異的船
看流水的流與流水的水
而夜晚呢
花園不會在暗夜停止芬芳
可以看花，看星星
看黑夜這顆勃發甜蜜的種子
看身體的山島與覆蓋的雪
這肌膚的雪，這修辭的雪，這歡愉時
不停飄灑旋轉的雪，有小劑量的蜜
與小劑量的毒的特質，剛好中和
致月色與夜弦有恰到好處的
顫慄與暈眩

就在那個窗口
白天看你們，黑夜又看你們
看你們繾綣身體屬雨雪的部分
這樣，自那天起
視窗看見玫瑰飽含的韻致

攬

官能感受的寶典裡
最溫柔的字眼莫過於攬
莫過於詞句盈握他的攬

初吻時，晚風片刻停頓間
他伸手輕輕攬過她的頭
這一恰到好處的攬裡
有輕柔委婉又不容拒絕的
堅定與魅力。她如鐵屑
吸進他磁性極強的磁場裡
春風將羞澀的吻拼貼在兩個嘴唇間

極樂園裡
攀越頂峰抵達至高的雲端後
他又輕輕攬過剛剛降落的她
依貼於他胸前，嫺熟自然間
動作重複細節，細節詮釋品行
她似一條魚，溫順滑進他
寬闊的海懷。浪潮浪花
在他輕拍後背間漸漸平息

遺物

喪鐘敲響之後
上帝清點萬物都遺留些什麼

畫者留下色彩與圖景
歌者留下旋律與音符
先賢與啟蒙者留下大海與星辰
白樺與青松留下挺立的軀幹
與清晰的傲骨

我會留下一株失敗的矛盾的
玫瑰，死不瞑目
它有敏感的刺
也有過沁脾的香
它停過誰的枕畔
紮過誰的掌心

火爐的修辭

冬天的火爐
傾倒餘熱與體香的火爐
最近爐身肌膚變得鬆弛
他怕冷，熱情與精力
劇烈不似從前
他的火焰開始變薄，變瘦
我自省：我是不是只顧著
索取熱量，而對他的
關心與愛護不夠
又或者對時間強大的削蝕力量
表示過輕蔑與怠慢

未來，我該與時間握手言和
正視它古老的威力與法則
遵循事物逐漸老去的鐵律與次序
小心維護與維修
意味著我還是要繼續
扇風點火，添柴加炭
穩固他的存在

蟻群

多麼虛幻又淺薄的優越感
風一吹，單薄的身子
就不住趔趄
不敢出聲

不如隨我一起蹲下
看一群螞蟻是怎樣
搶在暴風雨來臨之前
將辛苦掙來的丁點食糧
搬進逼仄的洞穴

星語星願

星空，一隻倒扣的大袋子
收穫仰慕與仰望無數
穹頂之下
你也是披風露
立中宵
切切望星的那一個

你心儀的那一顆
氣質獨特
富有啟明星與指南針的屬性
光芒如絲綢柔順
又如駿馬豪放

寫向維多利亞海

十幾年前的秋天
生命旅程的行囊
隨著承載浮萍蒲公英的流水與風
與孤雁一起南遷
推開新的家門
推開狹小與陳舊
當來到窗前
一片大海推開你內向的心窗
拓寬你視線的狹陋

此後它源源不絕地呈給你：
千帆旭日，餘暉星光
驚雷閃電，霓裳霞衣
彩虹雲羽

屋外不竭的浪花與漣漪
夠雲雨往復
屋內海一樣寬大自由的包容與愛
夠情意享用

豎琴的記憶

你離開她
手指離開琴弦，春風離開湖面
肋骨懸空，提著自己的影子
心湖空蕩，養著寂然的空洞

回憶，優秀的剪輯師
在原地剪輯重播
摩挲，摸索，迎合與協作
一次次合音，琴瑟和鳴中
鳳與凰偕飛
只因靈魂的音符奏響過
生命的最強音
她不願再回到叢林
變回前生的一棵樹
你的手，你的身體
不曾在她的琴身上種下傷痕
當你共她頻頻種下
音律、漣漪、波浪，種下
玫瑰金的記憶，優質，芬芳

一條故鄉的河

一條河上飄走舊的風月
又飄來新的風月
一條河融化舊雪又接納新雪
一條河，在現實與物質路徑中遠離
一條河，在思念與精神的脈管中湧動

一條河，一條故鄉的血脈紐帶
在夢境的潮起潮落中
輪迴流轉，起伏

影像描述之：喻與憶

你們，是兩個赤誠的大孩子
語言向心湖扔出童年的小石子
善意試探，激起好感的漣漪
你們，雪中的兩隻小鹿，懷揣忐忑
緩緩靠近彼此，用角抵向角
一隻前足吻過另一隻後足吻過的
雪，吻向雪玫瑰
緊密時擎舉語言的燭火
洞悉心靈寬闊深邃之處

飄搖無助的晦暗日子裡，你的溫言暖語
從關心中遞過來燈、拐杖、舟楫
而關於事物的內核與本質
你們用詞語的手術刀解剖
塵世如初的乳汁與桃蜜
用契合的身體為導管，交互吸
言美，意合

哦！風中汲風沐雨仰望同向的兩片葉
水中吃冷暖吃溫柔的兩尾魚

影像描述之：風雪夜歸人

風常有，而雪不常有
一男子身世帶雪
潔身自好常懷抱雪
那年暮冬祥雲與鐵鳥馱來他
她固執認定是馱來雪
而別離時他搭乘的最後一班工具
又讓他成為風雪夜歸人

那天，雪在兩個不交際
只交心的人身邊從未停下
語言的雪，擁抱的雪
吻的雪，回眸的雪——
落在海邊、咖啡店、落在霓虹的公園
落在重疊的杯唇上
落在匯通生命電流的手上
落在早春的心湖
落在醒來的春水與柳肢上
落在電梯打開又合上
合上又打開的抱擁與歎息間

讀策蘭與巴赫曼

在你們之間
精神城堡裡
盛托你們情意的事物有
跨國的日子、票根、詩歌的翅羽
花冠、螺殼、秋天的葉子
鹽、麵包、真理的浪潮
命運的荊棘、玫瑰的陣雨、雪
以及信任這兩枚性別的基石

而在時間的產房，詞語的母腹
在玫瑰的琥珀與心靈地圖的交集裡
還混合著帶有你們精神特質的
語言基因與解讀密碼

注：「真理的浪潮、玫瑰的陣雨」，——取自巴赫曼詩句中。

似是而非的雪

需要與天宇通靈
需要星程長途跋涉
需要漫山遍野等待
需要梅花經歷徹骨的冷
需要寒鴉獨立枝頭的靜
需要松柏貢出傲骨與冷香
需要新生事物分娩經歷陣痛
需要漫天精靈降生
需要鋪天蓋地覆蓋
需要埋葬骯髒腐朽
需要打破僵固秩序
需要冷卻煮蛙的溫水
需要填充禁錮思想的陋井
需要磊落白，需要刷新舊
需要真相大白，需要雪昭沉冤
需要大治與新秩序
需要一場似是而非的
高於唯物的雪

孤星若高士

單色天幕下
淺雪臥枯枝，雪中拱點紅
簡單的，不亂的，留白恰當的
——都容易被美看上

鴉雀獨立寒枝
——簡靜孤獨之美
哦，蒼芒寥中
孤星垂掛的品質

影像描述之：綠皮火車

時代的印記，青春的載體
一聲轟鳴，拉開少男少女青春依依的序曲
一聲轟鳴，勞燕分飛，青春畫上落幕的休止符
從此山高水遠，花飛鳥倦各自回

最後一次擠綠皮火車
竟然還是因青春般的燥熱與緋紅
在夏季陽光暴政，在已無青春痘可擠時
綠皮火車擰成粗大的稻草
繫著她絕路逢生的欣喜
綠皮火車又像粗壯的脈管
輸送著滿腔沸騰的血液與火焰
火車碾壓大地枕木，就像新的他
一寸寸粗暴又溫柔地碾壓她的勒骨

當兩條生命的河流蜿蜒匯合
那是大地之書被夏風與月光
翻到山青水秀的寬闊之處
那裡，他們用玫瑰雲點燃青草
那裡，玫香開在浪花追逐幸福的河流

天空之城曲

突聞雲寄琴聲
妙音推開院門
小鹿趕著雀躍
長裙提著欣喜
轉過樹林、草坪、小橋
露珠親吻裙底
晨光簇擁我上一路石階
無限接近一種天籟，一種
高度，彩虹之上，天空之城
在你琴上，在你情上，是什麼
流動起伏，搜我肺腑
我將手伸向你，伸向
光源心深處，雲朵拽著裙腳
旋轉，滑翔，旋轉，滑翔

影像描述之：溫熱的掌

觸碰、重疊、翻轉、相扣
暖流在動詞貫通的脈管裡
流動、層次遞進
兩粒微塵的前世靠攏，好感緊握

晚風輕彈夜弦
眼波流盼
指尖、眉宇間神韻和諧

掛在心間的兩面湖水
被悸動滾燙
翻湧至喉頭
掌心慢慢放開拘謹
唇間就慢慢擴大吻

殘冬回春
在浮華與喧囂之外
在高俊的道路之上
在親手接通生命電流之間

花事

蜂蝶熙攘的嗡嗡聲中
春意濃，春已深
春已把櫻花、桃花、海棠
一一舉上枝頭
即便舉上天空
你也不會羨慕

你愛的人化身祥雲與金風
小心呵護你
最大限度催開你
溫柔又粗暴地採摘你
托舉你到眩美的雲端
春天的花事濃重
春天的敘事不會空洞

顏色

天空是藍色的
天藍海就藍
海天寬闊仰望，沉默守護
——敞開的秘密
融為一體時海天一色
距離時，海的藍與天的藍
又呈現具體不同

距離是會給你點顏色看看的

距離中的思念便是有顏色的
激蕩時的聲音是火焰燃燒的顏色
歎息低徊的聲音是夜磨碾轉黑
琴聲嗚咽灰的

而靠亭台依欄杆
上眉頭與下心頭的心境
都是眺望遠山與遠航時
黛青色的

香港九龍城寨之江南一景

水木清華，亭台樓閣
是園林的江南

生命之河，水鄉搖櫓而來
是一個人身世流暢的江南

你心儀的江南是修辭是人稱代詞
與又綠江南岸的春風有關
懷舊而又清新
與懷抱春風的男子氣息有關
俊美又生機，溫言又暖語
那個闖入你鏡像
攜帶如此清朗氣息的男子
那道日日仰望魂牽夢縈的江南美景
當你曲徑通幽般進入
進入江南園林精妙的身體
類同詞語之手探進桃花緣的桃花潭

小雪的姿態

小雪在半空中打個轉
就化開了
樹們伸長脖頸仰望
泥土空敞著懷抱，一邊垂頭喪氣
誰說覆蓋與掩埋
是雪一定該有的結果與姿態
空中飄散也不失為
灑脫的一種
更叫人回味與期待
彷彿它深諳令人悵惘
比抵死糾纏
更勝一籌

影像描述之：另一種雪

你的新雪，愛神遣送的天使
他經由靈魂之路牽引
穿過人間相似的腳步
穿過個性的荊棘、窄門
落進生命本源的洞穴
落到你肋骨的豎琴
飄灑、旋轉

風度、溫度、密度、深度、頻率
恰到好處
兩份激情在洞穴之火中燃燒
相互澆融
在豎琴上彈奏人間妙樂
震顫滲入時間同頻的脈管
茂密中歡騰生命存在的真實
引領飛升天宇的屬性
一次次動情釀出無限無終的兩個人
愛在愛中完成靈肉相契的完整

我們終將回到自己

避開他人的面具
也把自己的面具摘下棄置於身外
摘下他人為你編戴的無形的高帽子
用語言的雞毛撣撣去灰塵
撣去高帽子上綴滿的誇大的讚美或貶斥
一身輕鬆乾淨，回到心靈的空房間
面對赤裸本真的自己

從興趣愛好退回到另一些責任與義務中心
學一棵樹回到萬物的自然法則裡
領受時間的風刀霜劍在你物質的皮囊上
共同作用帶來的衰老

備好更多的勇氣迎接殘酷與荒涼
晨昏的影子跟著你，暮年
朝來的寒雨晚來的疾風會繼續追趕你
逼你來到在這顆藍色星球上旅程的終點
盡頭，死亡這個幽靈會敞開懷抱
向你招手，迎接你，跟隨它
你墜落，回到一粒微塵黑色深淵的來處

因子

雪片、春風、細雨
你們的話語，如它們一樣
攜帶撫慰生命山水的
純粹因子

從處境陡峭的現實堅壁
以柔軟的身姿
頻頻著陸

時間的晝夜之河看見
兩隻個性的小舟
並肩徐行，駛往
靈河的深水區

暖流，汁與淚
帶血性的鹽，帶海的苦鹹

港島輝照

舊碼頭裡依然泊著
你們自訂的港灣
在它敞開的懷抱裡
細浪溫柔，船隻安詳
鴿子在餘輝裡
低低飛著依依的眷戀

你倚著想念這個詞語站立岸邊
心境溫暖如夕光，飽滿如海水
沒有什麼可供沮喪生長

落

當親密進到意境的
無聲勝有聲
無話可落時
你們就在唇上落吻
在雲下落雨
在彼此身上落雪
密集，歡騰
好雪壓境孕豐年啊
看他掄起玫瑰溫柔的鐵揪
像農人翻鏟大地那樣
用各種姿勢從各個方位
翻遍你，滿意時落下種子

影像描述之：中世紀

「就讓雨把我的頭髮淋濕」
清晨，離別的人從外面
帶來新雨的消息

最後一幕是你們在鏡中相擁
火躲在淚的背後
淚隱藏於門轉身之間
無數雙無形而有力的手拆開你們
花朵翅膀低垂，馬蹄聲緊逼
膨脹的雲朵懸在半空
或許明天的明天
會落成淋漓的雨
或許永遠都不
懸成玫瑰最後的遺憾與歉意

履歷表或自畫像

漂浮半生，不過是借用了
一片風一剪雲一截流水的
履歷與旅程

作為會計，計算半生
也抵不過命運的算計與暴風的清算
而關於風的風流史，雲的雲雨情
以及水的流水帳
還是該有些輕描與淡寫的

那麼，作為一片風
該告訴你浮萍漂泊
還是玫瑰顫慄
作為一剪雲
該告訴你雲雨繾綣之實
還是雨淚負重掉落之史

作為中年南遷的生命之河
該告訴你遠嫁的落花
還是香江岸邊新生的紫荊

漏洞

大風吹破貧瘠的茅屋
手指捅破醜臭的遮羞布
物質的引力場扯出時間的漏洞
天災人禍砸出人間災難的
深淵與黑洞

時間的漏洞用神劇用腳步穿越
貧窮的漏洞用紙遮用石頭去堵
用泥巴兑淚汗去糊去粘合
秩序規則法律類漏洞
用僥倖去鑽用錢幣去塞
用權力去捂用犯罪去試

草族如塵
被風暴捲入他人強設的漏洞

手

擎舉文明的火種與警鐘
或緊握桎梏的鐐銬與枷鎖

帶來薪火，撥亮星盞
或扇起惡風，摁滅芯舌

一雙傳遞暖流的手
夢境與現實中流轉
將生命能量的博大震顫
注入你身體的脈管
觸動自由的靈犀

冬至

天越來越冷
一組鏡頭在回憶裡冰涼
那是在兒時的鄉下
也是這樣冬天的夜裡
灶膛等著添柴加炭
母親等著晚歸的父親
她擔心
農貨賣不掉
我們的棉衣不能買回
一陣狗叫聲傳來
她朝門口探腦袋，又扭回頭來
對著我們直歎氣說
「唉，看看你們仨，又長高了
真是沒有辦法的事情」

水性

大河滿口滔滔不絕時
泛起浮沫更多

蓄池整日溫吞
行中庸之事
溫水煮蛙

小溪山泉沛沛潺潺
流續歡快，直性爽快
那份渾濁都是
清澈的，見心見底

最滿最謙是海
接江湖溪泉的小家碧玉
成大戶人家的大家閨秀

針

描繪歲月你
一支筆以一顆針的脾性與用途
小心眼是派生物
針鋒相對是
謹小慎微也是

針與筆原本的初衷是
以時間為絲線
將詞語潤色
細細密密地，大大方方地
織綴你多維的時空
連綴你所轄山河大地的
一片錦繡

女兒

小時她喜寬大衣服
能裝下更多自由
她說無拘舒服
看她眼神有時凌厲
其實是另一種行事的果斷與伶俐
雷厲風行，乾脆俐落的風格
聽她小嘴流出的音符如月光
在山澗清脆跳落
看她小手敲出的詞語如溪如瀑
在鍵上在網頁上生出花朵
最愛她低頭如水如蓮
如水中蓮的神態
一朵花顯出固有的
嫺靜與溫柔

中秋之月

中秋時，夜空中
一塊桂花香餡的燒餅
被天空那隻大鍋翻煎得
越來越圓，越來越近
真羨慕那些隔鄰的烏雲啊
夜深肚餓嘴饞時
可以替我咬一口

夏至

都夏至了
荔枝圓潤如少婦
你卻心境枯瘦如老井
吐納又如梅子酸澀
白晝再長
也等不來轉身的薔薇
蟬攀上高枝
你被沮喪一掌擊落到塵裡
能不能從低處開出花來
要看你的悟性與造化了

給你時間吧
蓮把花舉出淤泥
也不是一朝一夕的事

語言的殺傷力

丘比特式的古箭
你收到過別人射來的
當然也主動射出過
初衷是用於射同頻的玫瑰的心
沾蜜帶香

那種經過語言的弓弦
射出後變成嗜血帶毒的刀子的

你拆解弓弦，發現材質雜糅著
一點嫉妒，一點自卑與
更多念而不能

小跑步

路燈朦朧
滿世界傾瀉桔色溫柔
一路鋪展，就要匯接兩個
迎面移動的小星球

就這樣，往彼此的方向
跑著跑著，腳步就跑回了年輕
跑著跑著，感情就跑出了熱絡
跑著跑著，匯融的光就刷新了
日子的陳舊

合而為一

提到重慶會想起什麼
記憶打開日記抽屜
再度沉浸
酒杯舉起葡萄蜜液
重新慶祝
或者合而為一
如同雨夜
雨水與雨水交融
滋潤兩朵心靈之花的怒放

如同初衷打開內向的窗戶
兩顆自足的小行星
凌空發射關心問候與叮囑
冒著熱氣，在街道，在校園
在清晨，在朗日，在皎夜

那是初夏，玫瑰初綻體香
葉片上滾動著晶瑩露珠
花瓣上佈滿月色星光之吻

獨立與統一

眾多獨立的物質實體中
原本你們也是完整的
兩個城堡，兩個王國

有自身的構建結構
與交流法則
語言，這特製的血性鑰匙
叩開兩扇獨特的城門
語言，天使般解意的翅膀
彼此放飛意趣相投的
明月與清風

催開身體輕靈的誠實感觸
嵌成統一，滿盈的
月光溢出洞穴或城堡
融為一體

憶

風中一棵樹挨向另一棵樹
海上流水懷撫流水
都是在描述你靠近她
或她靠近你

你說生活還是很美好的
一畝三分地裡的莊稼與玫瑰
都開花，也都結果
還不時有驚喜的風流過

那麼現在當陰影襲來
當缺席比圓月先登場時
就讓歎息暫且等一等過路的烏雲

該是慶幸呢

在你與詞語廝磨的愛途中
詞語多是桂冠，為愛加冕
現在它似法官，對愛審判

是心胸狹窄了呢
還是人間供美好生長的空間減少
被個體集體的囚牢與繭房侵佔？

沉悶抬起頭來
你看見頭頂無垠的星空
還有它懷抱裡閃閃的星辰
這些居住在思想頂樓的
另類居民們

它們有宗教般沉穆的面孔
和真理般不變的脊骨
它神秘至上的高度
玄幻般永生引領
那裡，星光源源散發
更純淨的鹽

故我與今我

借一抹中年下午柔和的光
穿過記憶之鏈開鑿的時光隧道
清楚回看來途
我確定我已離開狹窄的心靈原地
走得不遠
但離過去淺陋又糾結的我
已有一段可喜的距離
剛剛容得下自在、滿足、喜悅

我不與別人的道路
比短長，比坦歧比榮光與鮮花
我熱愛現在腳下與心靈同在的位置
簡單、平靜、坦然
陽光下還有低頭與抬頭看得見的
花朵與芬芳

我的思想短淺如小溪
還不配擁有海般廣深的宗教
我把他人的智慧當信仰
大意是說優於自己的過去便是高貴

五月

風吹麥浪
風吹城池
雨季的玫肢攪動
港灣的腥濕

越過麥芒
鐮刀從麥心確定成熟，收割飽滿
魚鰭與蛟龍從擺動的水弧確定
你們生命的河流
將收穫某些事物一生的劇烈
與迴響

櫻園的春天裡

回憶扶著我
我和我的想念偎依在一起
這是三月的櫻園
開著比去年羞答的櫻花

去年孩子在櫻花樹下看書的身影
浮現眼前
感激裹挾想念，湧上櫻園的今年
感激它替代我，陪伴孩子渡過的馨香時光
她說那時樹幹光禿
枝頭還未開出櫻花大大方方的自我介紹
櫻花與她彼此都不認識

忽而園外一陣由遠及近的演奏聲
將我與回憶拆開。鳥鳴加入這合奏
哦，如花似雪飄落的音符！可知我心裡
也藏有一雙懂音的最佳彈撥手
一年四季手中的旋律
都能將春天的勒骨奏響

與女兒相聚

她延續我的血液、血性與脾性
她穿我的衣服，貼切的 T 恤
與牛仔褲裡，貼切她飽滿而彈性的青春

我們交換禮物
玫瑰金項鍊修飾我的脖頸
皮手袋柔和地挽住她的臂膀
我們交換觀點與意識
碰撞出火花時，兩束光指認與融進
鴿子歡快地蹦跳在橄欖枝
分歧與衝突時
她用語言的矛戳我語言的盾
化解矛盾時，她的肢體語言主動飄過來
搭建台階

我們看許鞍華的電影《詩》後聊詩
她說她喜歡鮮活的玫瑰本身
而我詩裡更多見玫瑰的隱喻
這樣，玫瑰在我們的本體與喻體中
生長更立體更完整了

願

火焰尚未辭別血性的火爐
花朵尚未跌落歲月的枝頭
日子還沒有把上帝分配給你們的日子用盡
尚未枯竭的河流
仍有潮汐推湧

這比風信子早回春的軀殼
眼河泛起柔波
嘴唇送出吻
手輸出撫摸
身體為彼此提供生活的避難所

浪潮一次次推湧中
浪尖上浪花合力拍起一次次高潮
淹埋虛實交替的夕陽與黃昏
一種能力，一種親密關係

桑椹

面前一盤。熟得發紫
輕輕一捏，濃烈的色彩
就洇染了故鄉記憶的底色
紅潤的汁液就溶入了
故鄉之河的血液
沉寂的小河蘇醒過來
陸續醒來的還有河邊
綠油油的桑樹
桑樹下踮腳採桑的你的童年
以及簸箕裡齊刷刷昂著頭
期待進食的蠶寶寶們

庸常背面

時鐘直到走壞自己
既走不出也走不壞時間
夜涼如水，滴答聲安靜
夜裡更能看見白天看不見的
善感的手悠悠旋轉一枚硬幣
聯想六便士到月亮的那一面
思緒開始恍惚

流水看見流水聚合又離散
奔赴它們生活的江湖與海域
你看見露與電流動中夏蟬衝出黑土
動人唱鳴的那一段，稠密的自由

你看見忙碌的陀螺離開旋轉的中心
你看見你們扼住日常死水咽喉
奔向庸常背面，在俗世的邊緣
聽海弄潮，海水濯洗塵煙
海浪彈奏灘岸，彈奏你們
浪花混合你們的能量波
共振處產生和鳴，濕漉漉

滿月

春早逝，夏日烈焰尚存餘溫
秋風中兩瞳秋水般般回望來途
常常覺得我是幸運的
甚至有精神上的富足
此生我愛過和愛過我的男子
他們都正直、善良、帥氣
這形神兼備的帥
提到神，我會止不住
讚美傲立雪中的寒梅
褒有清俊的硬氣與骨氣
他們自身是世間美好的一部分
他們還是世間美好的生產者
以筆，以精氣神，以靈域散發的
光與香氣。不吝嗇給予
他們都給過我這世間不染銅臭的情意
儘管分離，天各一方。想到祝福
我們都會把山崗那輪皎潔的滿月
舉過頭顱，傾向彼此

影像描述：港大外的道路

夜色年輕，腳步同頻
心情似歡快的鴿子
跳躍在六月火紅的鳳凰木
親密的關係催生親切的話語
親切的話語孕育親密的關係
晚風撫著更多溫柔的眼神
托著更多投契的話語
情意踏上了更高的階梯
幽林、斜坡一路迎送
山腰處的西餐廳裡
刀叉與可口的酒菜品嚐了
交碰的甜蜜

月色如魚
在如水霧氤氳的山色與柔情間
游來游去
蓮池裡，睡蓮正和羞打開
夏夜的體香

簡介

姓名，都是塵土的乳名
或別名，可有可無
半生如落葉與落花，浮萍與蒲公英
適合風與流水生長漂泊與遠方
職業會計，和數位表格規則規矩
和得失盈虧廝守計較糾纏不少年份
已成過去時，或過去完成時
精於數字計算，拙於生活算計

輾轉流離過後，仍愛生活
相信玫瑰，喜歡文字
並由散文移情別戀於詩歌
發表過一些詩，得過幾個獎
出過幾本書，不足掛齒
一切如雲似煙飄忽來去

而至於那條生命河的來龍去脈
生於重慶嘉陵江，飄於紫荊香江
將來二十一克輕的魂靈蕩於何方
天知地知，我暫時未知

但願這是首失敗的詩

大清早迷糊還沒醒轉過來
便被「死亡沿正午播種」這個句子冷清醒
它是對你兜頭兜腦澆下的一盆冰涼的洗臉水
腦瞳孔放大
光的探照燈伸進時間的隧道更久遠一點
感覺的腐氣滲進死亡的塵土更深入一點

你會發現
死亡其實是沿著剛出生的第一聲啼哭
統一播種的程式
這是死在人體上為生注射的
第一針免費疫苗

影像描述之：早春

空氣中漂浮著溫潤的分子
電梯咬合著吻
熱戀的男女相聚一處
他們擁抱，親吻
手臂與雙唇都在拼接
圓與完整的形意
重複的熱烈催生出隱隱的歎息
多麼熱絡，兩座活火山的激情
在奔湧，尋找著釋放的出口

而衣衫是身體寄居的住所
扣子是等待開啟的鎖
目光這兩把鑰匙，插入鎖扣
渴盼過開啟，許多次

影像描述：港大外的西餐廳

從窗戶望出去
發現兩隻船
相對而行的兩隻
有性別之分的
星點紅星點綠的兩隻
就要拋錨嘴對嘴
靠在一起的兩隻
像一個逐漸接近的吻
就要發生在海上的親密

那個夏天
酒液都有性別之分的
夏天的維多利亞海
港大外的西餐廳
兩隻酒杯的唇
頻頻碰在一起

乳房

是羞澀含胸的蓓蕾
告別飛機場太平公主後煥發成長的歡欣
是雪峰與浪尖，月暈的變化牽動
血色潮汐，是戀人聖潔攀沿的階梯
是孩子天然無污的綠色奶場
雙乳牛羊一樣吃下生活的歡欣與艱辛
吃下漫過的時間之海，絕對拉扯的地心引力
吃下愛人愛撫的溫度與密度
孩子吮吸的唇溫與焦灼的饑渴
擠出鮮奶生出子嗣血脈延續
生出蜜園幸福呻吟，生出下垂謙卑
生出乳腺炎乳腺纖維瘤
生出更多更劇烈的恐懼與擔心

雙乳，每一條成為母親之河的
上游裡兩條對稱貫通的支流
什麼時候它們的膨脹與豐沛
可能潛伏著禍害的病源與
黑色增生的腫塊

時間數列

我們同宇宙同行多少個日夜
我們同宇宙中的地球同行多少個日夜
我們同地球中的人類同行多少個日夜
我們同人類中我們愛的人同行多少個日夜

時間與經驗排出數字概率數列
我看見另一個善感的我
指使回憶端起透明的高腳杯
敬我與我愛的人同行過的日與夜
夜風拂過窗櫺
夜神正彈撥宇間各樣豎琴
月色醉跌進地球肚臍的酒窩裡

父愛

父親一直多病
於是父愛這座修辭的山
就常年瘦小著
於是父愛這片修辭的海
就多半枯寒著

熱情的時候
便是脾氣如海底的活火山
咆哮危險的時候

年輕時我們微詞山與海
與別處不同的表像
到自己為人母親時
看到致使山瘦小海枯寒的內因：
從胎體裡遺來的病痛的折磨
疊加生活的艱難困苦
再加左右無援的無依無靠
——更深更真看到這些
我們與父親
才真正有了生命與生命本質的連接

夕陽對黃昏的獻禮

潮水漫上來，又沉下去
擊打岩石，裹挾沙群
不必耿懷激流的激
也不必微言淺灘的淺
青山依舊，流水的流逝依舊

不如學學貝殼
從容拍遍潮起潮落
漂泊的翅膀自有天空收留
離枝的花朵自有流水迎娶
落葉的秋涼自有大地暖惜
萬物各安天命，自有定數

時間，這萬能的催熟劑
高蹈於萬物又作用於萬物
看，西天被它催熟的夕陽
光束之手正彈起橙色的心弦
對黃昏籠蓋的萬物敬獻
時間柔和的挽歌

收藏

收藏也是有講究的
五常法貫通五藏法
易傷易碎的，輕拿輕放
易潮易濕的，適時翻曬
寶貝的，稀罕的，放在
高層，深層，還有必要
加密上鎖，防洩密防盜取
新的常用的置於
顯眼易取的地方
同類同質的，脾性相投的
聚在一起

韶華與春光，那些
芳草地、碧雲天
蝶戀花、蘇幕遮的故事呢
你把舊的謝幕的女主角
存在青春墓穴的哪一處

影像描述之：玫瑰的琥珀

相遇像蜻蜓點水，淺止漣漪？
僅從身體裡飲水，棲息於物質之所？
牢獄禁錮相守，心磨粉碎自我？
時間，成為普遍的侵蝕源頭，削蝕禍首？
——不，都不是時間裡的你們
也不是你們所要的時間

由相遇到相吸與相惜
遞進與質變的邏輯關係
日子，票根，港灣，船歌與詩句
這些情意的承載物裡主角與主人的你們

時間是鐘聲的喚醒與喚起
是心靈寶藏的探尋與挖掘
是不帶繩子與鞭子的思想放牧
是自由奔向更自由的海闊天空
時間，不斷冒出新知的泉眼
與泉水，不絕地清亮心眼
你們的自我像兩株樸素自由的植物
風中致意，光中歌唱，獨自生長

影像描述之：般配

他們之間

是柔媚的水依著溫存的山
本真赤裸
倒影倒映，肝膽相照
濺起的語花
彈奏知音的聲韻

是兩盒飽滿的火柴
有點燃彼此激情的能量
與慾望

還是兩粒時間的珍珠
活在生活這片汪洋裡
任沙浪千萬次沖刷、打磨
臉色更溫潤，光澤更動人

一座山的修辭

一座山
身材高大，偉峻
一座山
脾性沉靜，堅毅
一座山
雄性的魅力元素，磁性的強大氣場
一座山
篤信的精神緯度
攀爬的身體高度

野蠻原始，粗暴溫柔地征服
以草，以泉
以花朵，玫瑰或百合騎在腰間
以雲朵，插翅搭梯
牽引巔峰升向雲天

愛痕

微詞蜻蜓點水
摒棄淺層次
時間的脈管
深入靈魂與身體的杯盞
欣飲光與蜜
雨水傾倒花香
思想碰擊火花
腹部迸射閃電

雨霧散過山道
柳枝拂過春湖
兩隻天鵝反覆遊過遠處深處
親密的頸舞
可供流水清風頻回首

影像描述之：風居住的街道

那是風集聚的地方
經過風居住的街道
一面牆向她走來
藝術的，古跡的
無數樹根，無數條蛇
交纏與緊附，在牆上
爬滿遒勁的、旺盛的生命

一個昔日的影子
同時從牆那端向她走來
高大的，魁梧的生命體
與她的記憶撞個滿懷
他之前走過這面牆，凝視過這些根
他們像根與根一樣交集，蛇一樣相互纏繞

這些根連同根與根的交集
在年月雨露同樣的滋養下
長成被懷念的根與根源
盤踞在心。時日移動，雨露累積中
懷念瘋長，枝繁葉茂

改變

活動的人群裡
我的孩子
小巧與乖巧跟隨她，陪同坐下
緊張敲打著她的心鼓
臉紅，急汗握住她的掌心
當漫遊的勇氣與大方重新回到
她身邊，鼓勵她
當信心擁著她，走上枱子
她就站在了羞澀與膽怯之上
發出屬於她氣質的聲音
謙卑與誠懇看見她
母親的歡喜與祝福看見她
她的自我看見她內在改變的力量
外顯成事實

初叩

記憶，這個縝密的偵探
總是試圖重返現場
追捕那個春光滿面的夜晚

夜風初叩兩扇懷春的心門
桔黃色的路燈之上
兩顆星子低低傾訴
桔黃色的路燈之下
兩個影子慢慢靠攏
風中兩棵好感的樹
傳遞撫觸，溫柔持續
迷離的空氣裡，海綿的唇
顫顫啟開蜜的源泉

廣義與狹義的人稱代詞

我和你寄居在世界的漩渦裡
戰爭，狹隘的民族主義
極端的民粹主義，日益膨脹的資訊繭房
分裂的意識形態、撕裂的價值觀……
它們翻江倒海，攪起巨大漩渦
我們，是「赫拉克利特之河流」中的兩滴
我們也就是漩渦中的兩滴
被推湧，被裹挾
儘管相向而行

不，我和你相遇在
愛的屋子、玫園、歌謠與搖籃裡
我們手中古老的詞語
心中不竭的愛
它們搭建，編寫、編織與修葺
有時我們的身體也加入
相互抱擁，提供庇護

兩棵樹

樹身樹葉表面佈滿蛛絲蟲跡
枝椏彎曲偏移，看似疏離

但沒有關係
它們的骨頭
仍然很硬朗，沒有腐碎
彼此還有更深的樹洞
可供接納大風大雨時它物的躲避
也可接納白晝黑夜間密語的
傾訴與傾吐

而它們更深的緊密
在地下在根部
在泥土裡盤亙與交纏
向下汲取，向上支撐

影像描述之：春天的序曲

春還料峭
梧桐剛冒出新芽
鬱蔥需更待些星辰
與雨露

流水撫平波浪的褶皺
他的浪花之手
撫摸的魅力
搭配言辭的熨帖
潮濕的吻，回眸的背影

風中的樹枝，舉起手臂
揮動著相觸，又揮動著相離
黃昏追趕著兩對別離的腳步

愛世界的理由

行星還沒撞上地球
晝與夜還在我們的藍色星球上
輪流站崗，盡職交接
黑白更替的光束裡
還有心儀的目光看向我的叢林
四季往復的風影裡
還有金風吹著我的城池
飄來散去的雲絮裡
還有玫瑰雲飄在我的領空
生命湧動的浪潮裡
還有心儀的浪花親吻我生命的河流
我就覺得世界還沒去到
末日想像的那麼糟糕

眼神

如果，明天與意外同時到來
如果，下輩子要在冥河岸上相認
如果，需要接頭暗號或密碼

那麼，用前生的眼神就夠了
雪的眼神，小鹿的眼神
溪流與閃電的眼神
火與星星的眼神，一頭猛獸
緩緩靠近玫瑰的眼神